मेरी स्त्रियाँ

मणि मधुकर

हिन्द पॉकेट बुक्स
पेंगुइन रैंडम हाउस इम्प्रिंट

हिन्द पॉकेट बुक्स

यूएसए। कनाडा। यूके। आयरलैंड। ऑस्ट्रेलिया। सिंगापुर
न्यू ज़ीलैंड। भारत। दक्षिण अफ्रीका। चीन

हिन्द पॉकेट बुक्स, पेंगुइन रैंडम हाउस ग्रुप ऑफ़ कम्पनीज़ का हिस्सा है,
जिसका पता global.penguinrandomhouse.com पर मिलेगा

पेंगुइन रैंडम हाउस इंडिया प्रा. लि.,
चौथी मंजिल, कैपिटल टावर -1, एम जी रोड,
गुड़गांव 122 002, हरियाणा, भारत

पेंगुइन
रैंडम हाउस
इंडिया

प्रथम हिन्दी संस्करण हिन्द पॉकेट बुक्स द्वारा 1982 में प्रकाशित
यह हिन्दी संस्करण हिन्द पॉकेट बुक्स में पेंगुइन रैंडम हाउस द्वारा 2022 में प्रकाशित

10 9 8 7 6 5 4 3 2

इस पुस्तक में व्यक्त विचार लेखक के अपने हैं, जिनका यथासंभव तथ्यात्मक सत्यापन किया गया है, और इस संबंध में प्रकाशक एवं सहयोगी प्रकाशक किसी भी रूप में उत्तरदायी नहीं हैं।

ISBN 9789353490737

मुद्रकः रेप्रो इंडिया लिमिटेड

www.penguin.co.in

FSC
www.fsc.org
MIX
Paper from responsible sources
FSC® C047271

This is a legitimate digitally printed version of the book and therefore might not have certain extra finishing on the cover.

अमृता प्रीतम और इमरोज के लिए
घने-घने अपनाने के साथ–

मेरी स्त्रियां

वह दिसम्बर के बचे-खुचे हिस्से में पडा हुआ एक दिन था।

कुछ ठंडा।

कुछ धूप और हवा में बिखरा-बिखरा-सा।

एक पल के लिए लगता कि सब चीजों पर एक निर्विकार चमक चढ़ गई है, किन्तु दूसरे ही क्षण वह भ्रम टूट जाता और आब के तमाम कोने चुपचाप झरते-गिरते महसूस होते थे।

उसने अपने को तैयार किया।

पूरा साल बीत चुका था, एक ना कुछ अंश बाकी था केवल।

वह उसके साथ बीत जाने से बचना चाह रहा था।

बचा जा सकता है, उसने सोचा और सिर पर खड़े हुए सूखे, भूरे बालों को चुन-चुनकर खींचने लगा।

यह उसकी आदत थी।

इसमें एक सुख था। पीड़ा के किनारे लगा हुआ।

जड़ से उखड़कर अंगुलियों में आए हुए हर बाल को वह हथेली पर रखकर देखता था। गौर से। एक सिरे पर आलपिन की तरह झलक मारती हुई सफेद चिन्दी और बस, महीन-सा तार।

ताम्बे का। लेकिन, पुराना।

खिड़की पर एक उजला धब्बा लहरा रहा था।

हैदराबाद में जाड़ा गुनगुनाता हुआ आता है, उसने कहा और हीटर जला दिया। तारों में एक सुंसाहट हुई और फिर आग रेंग गई।

वह देखता रहा, उस अगन को।

तापने लगा।

उसे अच्छा लग रहा था।

एक झीनी-झीनी गरमाई उसके आरपार जा रही थी। अंगों की गांठे खोलती हुई। हाथ, पांव, चेहरा—सब उष्ण-उष्ण होकर जाग उठे थे।

नींद के बाद भी एक नींद रह जाती है, शरीर में और वह इसी तरह बिदा होती है फिर। वह मुसकराया।

अपनी मुसकराहट को उस गरमाहट से जोड़ने की ख्वाहिश रखते हुए उसने हीटर पर केतली रख दी। उसमें पानी डाल दिया। जब खौलाहट होने लगी तो चाय की पत्ती छोड़ दी।

ताप ढंक गया था। केतली के नीचे।

वह अब एक सुर्ख गोलाई में झांक रहा था।

जैसे किसीने गाढ़ी-गाढ़ी लाल खड़िया से लकीर खींचते हुए एक दायरा बना दिया हो।

जीने पर पैरों की आहट हुई।

वही होगी।

उसने कान लगाया। घिसटती हुई चप्पलें ऊपर की तरफ आ रही थीं। उनकी आवाज हर सीढ़ी को पीसती-रौंदती अजीबोगरीब तान में ढल गई थी।

उसने कमरा देखा, अपना। निगाह घुमाकर।

सब कुछ ठीक-ठाक था।

जैसा था, वैसा ही।

पलस्तर उखड़ी हुई दीवारें। टूटा हुआ चूने का फर्श।

बड़े-बड़े पायों वाला एक पलंग, जिसका निवार टूटकर और उलझकर एक शाश्वत झूले में तब्दील हो गया था।

खूंटियों पर टंगी हुई पतलूनें, कमीजें, लुंगियां। एक-दूसरे को परास्त करने के अन्दाज में लदफद और आक्रामक।

बिगड़ी हुई शक्ल वाला एक घड़ा। काई और कई किस्म के दागों से लिपा-पुता, एकदम सुस्त। उसके मुंह पर नल की टोंटी, जो इस समय बंद थी और काफी समझदार लग रही थी।

बिना कपाट की आलमारी में ऐसा घल्लू-मल्लू सामान अंटा हुआ था, जो एक अकेले आदमी की दुनिया को उजागर करने और ढंके रखने के लिए काफी था।

उसने मग में चाय डाली। बिना चीनी-दूध की।

पहला घूंट लिया। भाप से भरा हुआ एक परिचित स्वाद गले में उतर गया।

वह धीरे-धीरे सुड़कियां लगाने लगा।

"क्या हो रहा है?"

दरवाजा बोला। किवाड़ बजे।

"अरे, आप—" उसने आश्चर्य दरसाया।

"मन्नै शोच्या, देख लूं, लेखकजी के यहां क्या काम-काज चल रहा है!"

इतना कहकर वह गहरी-गहरी सांस लेने लगी।

जीना चढ़ने से उसकी दुहरो-तिहरी काया की चर्बी में उफान आ गया था।

कुछ क्षणों के लिए कमरा उसकी तेज-तेज हंफनी से भर गया।

वह गुनवन्ती थी। मकान-मालिक भीरचन्द की औरत।

उमर ज्यादा नहीं थी उसकी। यही, तीस बत्तीस।

लेकिन देह चौतरफ से उमड़-घुमड़कर गोलाकार हो गई। थी। छोटा कद। दबे-भिचे नाक-नक्श। लगता था, जैसे हर वक्त भारी बोझ तले फंसी हुई इधर-उधर डोल रही हो।

भीरचन्द की धुलाई की दुकान थी।

गुनवन्ती दिन-भर फटे-मुंचे कपड़ों के रफू लगाती हुई जंभाइयां मारती रहती थी।

"ये भूसा लेके आई हूं।" कुछ स्थिर होने पर गुनवन्ती बोली, "तुमने मंगवाया था।"

"हां, भूसा—" लेखक याद करने लगा। उसकी स्मृति में जाने क्या-क्या कौंधने-चौंकने लगा।

"और ये लकड़ियां भी।"

लेखक ने देखा, गुनवन्ती के पीछे एक लड़का खड़ा था।

उसने भूसे से भरा हुआ काठ का बक्सा कमरे में रख दिया। उसके पास ही, लकड़ियों का गट्ठर।

"क्या करोगे इनका?"

गुनवन्ती हंसने लगी, तमाशबीन की तरह।

लड़के ने भी दांत निकाल दिए। सूरत से पहाड़ी ढीले-ढाले पायजामे पर स्वेटर डाटे हुए। उम्र पंद्रह-सोलह साल के करीब। आंखों और होठों में एक कच्चापन, जो नजर को पकड़कर लुभाता था।

"कुछ करूंगा।"

लेखक ने लड़के पर से दृष्टि हटाकर भूसे में गाड़ते हुए कहा।

उसके स्वर में अनिश्चय था।

"चार रुपये दे दो।" गुनवन्ती ने अंगूठा दबाकर चार अंगुलियां

उठा दीं, हाथ की।

"यह लेकर आया है?"

लेखक ने पैंट की जेब से नोट निकालकर लड़के की ओर बढ़ा दिए।

"इसको क्यों दे रहे हो? यह तो नौकर है। कल रखा है।"

गुनवन्ती ने रुपये लेकर मुट्ठी में दबा लिए।

"क्या नाम है इसका?"

"गनेशी।" लड़का तुरन्त बोल पड़ा। फिर झेंप गया।

"नैणीताल की तरफ का है। मन्नै जंच गया। गुनवन्ती ने लड़के के सिर पर हाथ फिराया और उसके बालों को बिखरा दिया, "एकदम गोरा है।"

"नहीं, लड़के का रंग गोरा नहीं था।" भूरे कागज की तरह था। लेखक उसे घूरने लगा।

नीचे से पुकार आई, तभी।

"जा, गनेशी, तू जा! बाब्बू अव्वाज लगा रहे हैं।"

गुनवन्ती ने हड़बड़ाकर धकेला तो गनेशी चला गया।

वह भीरचन्द को 'बाब्बू' कहती थी। तनिक अभिमान से।

"आप चाय पिएंगी?" लेखक ने संकोच के साथ पूछा।

"नहीं, मैं किसीके भी यहां कुछ खात्ती-पीती नहीं।" गुनवन्ती ने मना कर दिया और दरवाजे की चौखट में जड़कर खड़ी रही।

लेखक समझ नहीं पा रहा था कि उसकी उपस्थिति में क्या करे? वह चाय पीना भी भूल गया था।

"आज तो दीतवार है। छुट्टी होगी तुम्हारी?"

लेखक ने हामी भरी।

"फिर कहां जाणे की तय्यारी कर रहे हो?"

"ऐसे ही।...घूमूंगा।"

"तुम्हारे मज्जे-ही-मज्जे हैं। छैल छड़े हो।"

गुनवन्ती मुसकराई। उसने चौखट छोड़ दी, "जाती हूं। बाब्बू की दुकान भी बन्द है आज। शारे दिन घर में ही रहेंगे। मुझे शेवा करणी होगी।"

धूप से कमरा छलछला रहा था।

लेखक भूसे को देख रहा था। और लड़कियों को।

वह एक कहानी लिखना चाहता था।

उसने आग्रह कर गुन्वन्ती से यह सामान मंगवा देने के लिए कहा था।

सामान आ गया था।

भूसा और लकड़ियां। वह किसी दर्जी के यहां से रंगीन कतरनें भी मंगवा देगी, उसके लिए। गुनवन्ती भूलती नहीं।

"तुम्हें जिश चीज-बस्तू की जरूरत हो, मन्नै बोल दिया करो।" उसने शुरू में ही कह दिया था और लेखक ने जान लिया था कि वह झूठमूठ दिखावे की बात नहीं कर रही है।

तीन महीने से वह उस कमरे में रह रहा था, किरायेदार की हैसियत से। आनन्द ही आनन्द था।

लेकिन, वह लिखना चाहता था।

उसे मालूम था कि न लिख पाने पर वह आत्महत्या कर लेगा।

किसी भी दिन।

खुद भी नहीं जान पाएगा कि कब!

उसका 'लिखना कुछ और तरह का था।

सिर्फ शब्द नहीं। वे अपर्याप्त थे। और, जो अन्दर जमा था—उसे खींचकर निकालने में लगभग अयोग्य। उनके औजार सीमित थे।

लेखक को पता था कि उसके संग दो जने और रहते हैं। आठों पहर हर घड़ी।

वह उनसे छुटकारा नहीं पा सकता था, इच्छा करने पर भी।

एक मूर्तिकार, दूसरा गायक और तीसरा वह था ही, लेखक।

तीनों एक ही तन-मन में थे।

भागीदार और पूरक।

किन्तु जब-तब वे परस्पर असहयोग करने में भी हिच-किचाते नहीं थे।

फिर भी, एक जमीन थी, जहां उन तीनों को साथ-साथ रहना था।

वे वही हंसते-रोते थे, उबलते और ठंडे होते थे।

उन तीनों की एक ही कहानी थी। उनकी नहीं, उस जमीन की। या, शायद वह एक बेजमीन दुनिया के बारे में थी।

लेखक चाहता था कि पहले मूर्तिकार अपना काम आरंभ करे।

यानी, उस कहानी को गढ़ दे।

भूसे और लकड़ियों से। कतरनों से। उन चीजों से, जिन्हें वह कहानी के लिए जरूरी समझता है। जिसमें उसकी सांस हैं।

फिर लेखक उसे 'लिख' देगा।

संभव है, लिखने के बाद उसको संगीत में बुना जा सके। तब गायक अपना कार्य करेगा।

सुरों का एक अपना संसार होता है। सच्चा, लेकिन लगता है कि जादुई।

कथा-गायन में वह सब 'प्रकट' हो जाएगा, जो गढ़ने और लिखने के अंधेरे में कहीं नीरव निस्तब्ध छूट जाता है।

अभी तो सब कुछ अन्धकार में था।

एक काले कुएं में स्मृति चक्कर लगा रही थी।

वह कभी पानी में डूब जाती थी, कभी सतह पर मृतात्मासी मंडराती रहती थी, कभी एकदम 'लुप्त' हो जाती थी।...लेखक प्रतीक्षा करता रहता था।

उसे यह खेल भयानक लगता था।

और आत्मीय भी।

किन्तु उसका डर निजी नहीं था।

कंपकंपी के हर मोड़ पर दूसरों की स्याही फैली हुई थी।

'गुलमोहर' में घुसने पर उसने इतमीनान से कन्धे झटकाए।

सड़कों पर उसे खतरा महसूस होता था।

वह उस खतरे को कोई नाम नहीं दे सकता था, किन्तु वह मौजूद था और उसका पीछा करता था।

आशंका लेखक के स्वभाव में उतर चुकी थी।

जब वह रास्तों और गलियों को पार करता था, चोरी-छुपे मुड़-मुड़कर देखता चलता था।

उसे ज्ञात था, भीड़ में से कोई अचानक निकल आएगा। और उससे पूछेगा, "कौन हो तुम?"

वह उत्तर नहीं दे पाएगा।

यह सवाल उसे हमेशा गूंगा बना देता था।

उसे अपने बारे में ज्यादा मालूम नहीं था। वह कुल मिलाकर एक लेखक था, किन्तु भाषा?

भाषा वह ढूंढ़ रहा था।

न केवल लेखक, बल्कि मूर्तिकार और संगीतज्ञ होने के नाते भी उसे एक ऐसी भाषा की जरूरत थी, जिसमें पूरा-पूरा कहा जा सके।

उसे खुशी हुई कि 'गुलमोहर' में ज्यादा भीड़ नहीं थी।

एक अपनापे को गन्ध थी, उस 'बार' में। लोग कहते थे कि उसका स्वामी एक भूतपूर्व नवाब था। उसके कई बीवियां थीं और वह मधुमेह का मरीज़ था।

लेखक ने उसे देखा नहीं था।

उत्सुकता भी नहीं थी।

किन्तु वह उसके हरम को लेकर तरह-तरह की कल्पनाएं करता था और उदास होता था। उसकी उदासी रफ्ता-रफ्ता जहरीली होने लगती थी।

वह फूलदार मेज खाली थी, जिसपर कुहनियां टिकाकर बैठना लेखक को अच्छा लगता था। वेटर आया तो उसने कहा, "नींबू और जिन।"

लम्बे-लम्बे पर्दों पर शाम का धुंधलका लटक रहा था।

बेगम बाजार वाले 'अड्डे' ने आज उसकी किस्मत खोल दी। छुट्टी के रोज वह नियमित रूप से वहां जाता था और दांव लगाता था।

उसे हार जाने पर दुःख नहीं होता था।

जीत का हर्ष भी नहीं।

जुआरी उसे 'जोगी' कहते थे और मजाक करते थे।

किन्तु वह बुरा नहीं मानता था।

उसे पैसे की जरूरत थी। वह जुआ खेलता था।

जिन्दगी थी और 'पीना' था।

पीने के लिए जेब का गर्म रहना आवश्यक था।

वह एक स्कूल में संगीत सिखलाता था।

वह एक अखबार में पार्ट-टाइम प्रूफ-रीडिंग का काम करता था।

उसका गुजारा इन धंधों से चल रहा था। लेकिन, हर सातवें दिन, 'बार' में जाकर बैठने से पहले बेगम बाजार के अड्डे पर जमना और पत्ते लगाना परम धर्म था।

यह संयोग था कि वह सदा कुछ-न-कुछ बटोर लेता था।

उसके साथी-संगाती ईर्ष्या करते थे।

वह जिद्दी था। सचेत था। जोखिम उठाता था।

जब अधिक नहीं हो पाता था तो वह इतनी कमाई पर ही। संतोष कर लेता था कि कहीं तेलंगों के साथ ताड़ी की हांडी के पास बैठ सके।

"कुछ देर पहले मैं इसी मेज़ पर थी।"

आवाज ने उसे चौंका दिया।

उसके सामने एक बुर्के वाली थी। जालियों के पीछे से झांकती हुई दो बेचैन आंखों ने उसे असहज बना दिया।

वह उठने लगा।

"बैठो, बैठो! मुझे कोई एतराज नहीं।" दूसरी तरह से कहा गया, "मैं तुम्हें जानती हूं। तुम लेखक हो। मैंने तुम्हारी कहानियां पढ़ी हैं।"

"मैं, इस वक्त...अकेला रहना चाहता हूं।"

"क्या हम एक मेज पर अकेले नहीं रह सकते?"

बुर्का उलटने पर उसका चेहरा जगमगाहट देने लगा।

लेखक प्रभावित हुआ।

वह पूर्ण युवाकाल में थी। अपना महत्त्व समझती थी।

इसलिए, हाव-भावों में एक खुलापन था। बंधा-बंधा पोखरापन नहीं।

लेखक ने उसे अपने रूबरू स्वीकार कर लिया।

जल्दी ही वे और बातें करने लगे।

उन बातों का कोई सिलसिला नहीं था।

पहले एक चिड़िया, फिर दूसरी, फिर तीसरी, फिर चौथी, फिर पांचवीं...फिर झुंड का झूंड—

पेड़ की शाखाओं पर उनका बैठना और चहचहाना जारी रहता है।

वे बातें इसी तरह उड़ती हुई आई थीं, कहीं से और उन दोनों के बीच जगह बनाने लगी थीं।

वेटर जब लेखक के लिए 'जिन' लेकर आगा तो उसने तत्काल आर्डर दिया, "मैं बियर लूंगी।"

"जब पढ़ी-लिखी औरतें बुर्का पहनतीं हैं तो मुझे हैरानी होती है। लेखक ने अपनी 'जिन' के भीतर उठती हुई चमकीली बुंदकियों पर निगाह जमाए-जमाए कहा।

वह मुसकराई। अर्थपूर्ण ढंग से।

उसके होंठ पतले-पतले थे। लिपस्टिक से घिरे हुए। सनसनीखेज।

मुझे लोगों को हैरान करना अच्छा लगता है।"

"बुर्का डालकर बार में बैठना।" वह हंसा।

बुर्के वाली उसके व्यंग्य पर नाराज़ नहीं हुई। उसने बात बदल दी, "तुम्हारी कहानियों में एक प्यास होती है।"

"कैसी प्यास?"

"प्यास...स्त्रियों के लिए"।

"कतई नहीं।"

"लगता है, तुम्हें किसी स्त्री का प्यार नहीं मिला।"

"नहीं मिला। सही है। लेकिन इससे क्या फर्क पड़ता हैं।"

बियर आ गई।

बुर्के वाली ने दो बड़े-बड़े घूंट लिए।

होंठों पर ठहर गए झागों को उसने रूमाल से पौंछा। फिर कहा, "जिन स्त्रियों के बारे में तुम लिखते हो, वे विचित्र-सी होती हैं।"

"मेरी स्त्रियां!" जिन के पहले पैग को आधा करते हुए लेखक ने आंखें तिरमिराई, "वे अपनी-अपनी कब्रों से निकलकर सहसा मेरे सामने चली आती हैं..."

"हां, वे सचमुच मुर्दों की तरह गंधाती हैं।"

"लेकिन...अब मैं एक जीवित स्त्री पर कहानी लिखूंगा।" लेखक का स्वर भर्रा गया, "मेरी कठिनाई यह है कि जो भी स्त्री मिलती है मुझे, वह...मरी हुई होती है।"

"क्या मैं भी—"

"हां, तुम भी।"

"तुम अव्वल दर्जे के मक्कार हो!"

बुर्के वाली का चेहरा तमतमा उठा।

उसने बोतल को सीधे मुंह से लगाया और गट-गट पी गई।

लेखक कुछ पल उसके सुन्दर नथुनों की फड़क देखता रहा। वह मुग्ध नहीं था, हतप्रभ था।

"तुम अच्छी पियक्कड़ हो! लेकिन, मैं मक्कार नहीं: ... मदारी हूं।

"पहचान गए हो अपने-आपको?"

"धीरे बोलो।"

"क्यों, तुम्हारी लौंडी हूं मैं?" बुर्के वाली का गुस्सा बढ़ता जा रहा था।

"जोर से बोलोगी तो सब सुनेंगे और तुम...पूरे 'गुलमोहर' की लौंडी बन जाओगी।"

तुम्हें शर्म आनी चाहिए।"

आनी चाहिए, लेकिन मुझे अभी तक बिल्कुल चढ़ी नहीं है।... जैसे मदारी तमाम भेद जानता है, जमूरे के–मैं स्त्रियों के रहस्य जान लेता हूं।"

"नीच!"।

"नाराज क्यों होती हो? लेखक नीच होता है, क्योंकि वह नीचे तक जाता है-आत्मा के तल तक।"

"मैं आत्मा-वात्मा नहीं मानती।"

"मत मानो।"

बुर्के वाली ने इशारे से वेटर को बुलाया।

एक बियर और।" फिर उसने लेखक की तरफ देखा, तुम्हारे लिए?"

"वह्व मेरा कोटा जानता है। ले आएगा।"

'बार' भर गया था। अब कोई मेज खाली नहीं थी। हॉल में हल्की-हल्की आवाजें तैर रही थीं। मछलियों की भांति।

'जानती हो तुम्हारा गुप्त भेद क्या है?" क्या है?

तुम स्त्री ही नहीं हो।...अधिकांश स्त्रियों का यही हाल होता है।"

मुझमें औरतपना नहीं है—यही मतलब है न तुम्हारा?"

"स्त्री और स्त्रीत्व दो अलग-अलग चीजें हैं। तुम उन्हें मिलाकर मत देखो।"

"ठीक है, ये चीजें तुम अपने भेजे में भरे रहो।"

"मैंने तुम्हारी चीज देख ली है।...तुम स्त्री नहीं हो।"

बियर आ गई। और 'जिन' भी।

वे पीने लगे।

इस बार उतावली नहीं थी। गंभीरता थी। लेकिन, झन कारा देती हुई।

तुम कुछ और हो!"

अगर तंग करोगे तो मैं उठकर चली जाऊंगी।"

"कहां जाओगी?"

"जहां कोई लेखक-वेखक न होगा।"

"हर आदमी लेखक होता है..."

तुमने आज अच्छी कमाई की है।"

मैं जब जुए में दांव लगाता हूं तो एक स्त्री को याद करता हूं।"

"कौन है वह?"

"वह कभी इस दुनिया में जन्म नहीं लेना चाहेगी, इस नरक में!"

"इतनी पवित्र है क्या?"

बुर्के वाली ने होंठ सिकोड़ें। लेखक के भीतर सब कुछ सूना-सूना होता जा रहा था।

"वे कहते हैं, तुम्हारे पास किसी तांत्रिक का दिया हुआ एक पत्थर है।

"मैं खुद ही पत्थर हूं।' लेखक ने दूसरा पैग खत्म कर दिया।

"उस पत्थर की वजह से" तुम दांव जीत जाते हो।"

"एक दिन सारा संसार पथरा जाएगा।"

"अगली बार जब तुम दांव लगाना चाहोगे, वे तुम्हारे कपड़े उतरवा लेंगे।"

"तुम्हारे पास सब खबरें रहती हैं?"

"रखनी पड़ती हैं।...मुझे शौक है।"

"क्या तुम जर्नलिस्ट हो?"

"नहीं प्राइवेट जासूस हूं।"

"जासूस!" लेखक की आंखें फैल गईं।

"लेकिन, अब इस धन्धे से उकता गई हूं।

"मैंने कहा था, तुम स्त्री नहीं हो...।"

"मैं अब शादी करना चाहती हूं।"

'कर लो, कर लो। जो विवाहित, उसमें सब समाहित!" तभी लेखक को ध्यान आया, "आगामी रविवार को मैं नग्न होकर जुआ खेलूंगा, तुम देखने आओगी?"

तुम 'गुलमोहर' के मालिक को जानते हो?"

"नहीं।...बीवियों का शौकीन है वो—"

अमीर है, हर तरह से।" बुर्के वाली के चेहरे पर यकायक चांदनी थिरकने लगी, "हिमायत नगर में तीन हवेलियां हैं। सिकन्दराबाद में एक होटल है और विजयवाड़ा में उनके खेत हैं।"

जरूर होंगे।"

वो देखो, किस शान से काउंटर के पीछे बैठा है—गदे। वाली आराम कुर्सी पर।"

लेखक खोजने लगा।

बुर्के वाली जिस व्यक्ति की ओर संकेत कर रही थी उसे तो वह अरसे से उसी कुर्सी पर, निढाल अवस्था में, देखता आया था।

"वो बूढ़ा, सोने के दांत बाला—"

बुर्के बाली की त्यौरियां कस गईं, "उसकी हंसी उड़ाने का तुम्हें कोई हक नहीं। वह नवाब है, खानदानी।... मैं उससे शादी करना चाहती हूं।"

लेखक ने उछलकर फूटने वाला एक ठहाका रोकने के लिए

जबड़े भींच लिए।

"साठ पैंसठ से ज्यादा का नहीं है वो।" वह बोली, *लेकिन उसकी सेहत खराब रहती है। मैं जानती हूं, वह जल्दी ही मर जाएगा—"

"फिर भी तुम उससे ब्याह रचाने के लिए तैयार हो!"

"क्या हर्ज है? घाटे का सौदा नहीं करती हूं मैं।" चुटकी बजाकर उसने ताजा बियर मंगवाई। वेटर उसका इशारा समझ गया।

इस तरह तो तुम नशे में गर्म हो जाओगी। फिर नवाब से निकाह कौन पढ़ेगा?" लेखक मुश्किल से मुसकराया।

"मेरे पास फूटी कौड़ी भी नहीं है। यह पर्स पड़ा है, देख लो। मेरो बियर का पेमेण्ट तुम्हें ही करना पड़ेगा।" सहसा उसका स्वर याचना से भर उठा, "लेखक, तुम मेरी मदद करो मैं तुम्हारे आगे झोली फैला रही हूं।"

"मैं बियर का पैसा चुका दूंगा।"

"वह तो चुकाओगे ही।... मैं दूसरी बात कह रही हूं।"

"क्या... "कैसी बात?"

तुम मेरा हाथ थाम लो और फिर इस तरह हाथ हिलाओ, जैसे कोई प्यार की... राज़-भरी बातें कहने के लिए बेताब हो!"

"क्यों, मैं ऐसा क्यों करूं? मुझ 'बार' में बैठकर प्रेम करना भाता नहीं।"

'प्रेम नहीं, सिर्फ अभिनय करो–अभिनय!"

बुर्के वाली की आंखों में गिड़गिड़ाहट का कीच भर गया।

उसने अपनी हथेली लेखक के हाथ में थमा दी।

हथेली मुलायम थी। गोरी और गुदगुदी। लेखक को यह स्पर्श सुहाया।

"क्या मैं इसे चूम लू?"

"हां।" बुर्के वाली ने नजरें झुका लीं, एक खास लज्जा-भरे अन्दाज में। वह कनखियों से नवाब की ओर देखती जा रही थी।

"देखो वह हमारी तरफ देख रहा है।"

"कौन?" लेखक चकराया। उसकी 'जिन' में आश्चर्य का स्वाद घुलता जा रहा था।

"नवाब! वो...बहुत ईष्यालु है। मैं उसके बारे में सब पता लगा लिया है। वह फुसफुसाई, "उसने अपनी तमाम बीवियां दूसरों से छीनी हैं। वह यह बर्दाश्त नहीं कर पाता कि कोई और आदमी, किसी स्त्री से, उसके सामने ही प्यार करे। गह जल-भुन जाता है और कमर कस लेता है, उस औरत को अपनी बनाने के लिए।...वह बाज़ है, उसे झपट्टा मारकर खाने में मजा आता है।"

"तुम्हारी योजना यह है कि अब वह तुम्हें खा ले!"

"तुम्हें मेरी परिस्थितियों की जानकारी नहीं है। मैं बहुत दुःखी हूं।"

"नवाब पर डोरे डालने से तो बेहतर है, तुम मदर टेरेसा के पास चली जाओ। वहां तुम्हारे सब दुःख दूर हो जायेंगे।"

"मैं वहां क्यों जाऊ?" बुर्के वाली रुष्ट हो गई, मैं जवान हूं। और, मैंने अभी तक कोई सुख नहीं देखा।'... निर्वाह तो करना ही पड़ता है। मैं मर्दो के जुल्म सहते-सहते थक गई हूं।

"कोशिश करने पर तुम्हें कोई नौकरी मिल सकती हैं।"

"मैंने सोच लिया है, अब किसी को चाकरी हाजरी नहीं अजाऊंगी। बिस्तर पर पड़ी रहूंगी, हुक्म चलाऊंगी, राज करूंगी, विलास भोगूंगी!"

"विलास इस खूसट नवाब के साथ?"

वह लेखक का हाथ खींचकर अपने वक्ष पर मलने लगी। उसकी दृष्टि नवाब पर थी।

लेखक ने नोट किया, नवाब भी उन दोनों की ओर टकटकी लगाए हुए था।

लेकिन, वह बेपरवाई के साथ बुर्के वाली की चाहना पूरी कर रहा था।

भरे-भरे उरोज थे।

'जिन' थी।

सूर्यास्त के बाद का मस्त माहौल था।

"अब तुम यहां से उठ जाओ।"

तभी बुके वाली ने लेखक का हाथ परे झटक दिया।

"क्यों, क्या हो गया?"

तुम कुछ समझते क्यों नहीं? नवाब इधर आ रहा है। अब वह मुझे पटाने की कोशिश करेगा। उसे एकान्त चाहिए।

तुम जाओ।"।

लेखक ने देखा, वाकई नवाब कुर्सी से उठ खड़ा हुआ था और उनकी मेज की तरफ बढ़ रहा था। आहिस्ता-आहिस्ता।

यह तो चमत्कार था!

लेखक दंग रह गया। फिर मिनमिनाया, "लेकिन मैं जाऊं कहां? मैं यहां शांति से पी रहा था कि तुमने..."

"प्लीज, मेरा बना-बनाया खेल मत बिगाड़ो। मैं जीवन में पहली बार सफलता को इतने नजदीक देख रही हूं। उठो। जाओ। टॉयलेट में ही घुस जाओ, थोड़ी देर के लिए।"

इस दफा, सुझाव अच्छा था।

लेखक भारीपन महसूस कर रहा था।

वह उठकर टॉयलेट में प्रविष्ट हो गया और अपना काम करने

लगा। राहत मिली। चैन की सांस आई। अलबत्ता, नशे की घुमेरियां बुरी तरह जोर मारने लगीं।

वापस हॉल में आने पर लेखक को लगा, वह बेदखल कर दिया गया है। यह अनुभव उसके लिए नया नहीं था।

छुटपन से ही उसे भगाया जा रहा था। यहां से वहां। अकारण।

वह निर्दोष था।

उसने किसी को कुछ नहीं बिगाड़ा था।

फिर भी उसे धकेला जा रहा था। निकाला जा रहा था।...

लेखक ने देखा, बुर्के वाली और नवाब कानाफूसी के ढंग से बतिया रहे थे। सटकर बैठे हुए। संजीदा।

वह उन्हें छेड़ने या परेशान करने की मंशा नहीं रखता था। किन्तु कोई मेज खाली नहीं थी।

लोग उसके डगमगाते हुए पांवों को घूर रहे थे।

लेखक को बुरा लगा। वह धीमे-धीमे नवाब के निकट जा खड़ा हुआ।

जीनत तुम्हारी क्या लगती है?" भौंहें मटकाते हुए नवाब ने लेखक को कढ़ाई के साथ देखा। ऊपर से नीचे तक।

"कौन जीनत? ओह, यह बुर्के वाली..."

"बनो मत। मेरा मिज़ाज बहुत सख्त है।...क्या तुम इसके खाविन्द हो?"

"लेखक ने झट से इनकार कर दिया।

"तुम इसे बंगला देश से भगाकर लाए हो ?"

"नहीं, सरासर झूठ"...

बुर्के वाली ने लेखक की बात बीच में काट दी, "यह ढाका में हमारा पड़ोसी था। इसने मुझे फुसलाया..."

"तुमने जीनत के साथ बड़ी ज्यादती की है।" नवाब ने अफसोस जाहिर किया, "यह तुम्हारे लायक नहीं।"

"अब यह मुझे रऊफ अंसारी के हाथ बेच रहा है।" बुर्के वाली ने आवाज को आंसुओं से नम बनाकर शिकायत की।

"रऊफ...वह तो मेरा जानी दुश्मन है।"

"वो मुझे रखैल बनाना चाहते हैं।"

"नहीं, मैं ऐसा कभी नहीं होने दूंगा।" नबाब चीखा। फिर लेखक को देखते ही वह सुलग उठा, "सारी गड़बड़ इसीनेकी है। इसे उठाकर बाहर फेंक दो।"

लेखक खड़ा-खड़ा झूम रहा था।

उसे पता ही नहीं चला कि वह कब सड़क पर आ गया।

कपड़ों की धूल झाड़ते हुए उसने उठने की चेष्टा की, पर गिर गया।

"कोतवाली जाओगे या घर?" कोई झुका हुआ उससे पूछ रहा था। शायद सिपाहीं था।

"घर!" लेखक ने लड़खड़ाती जबान में कहा, "शाह"...अली बंडा।"

तो उस रिक्शा में बैठ जाओ।"

उसे लाद दिया गया। सिपाही भला आदमी था। लेखक उसे इनाम देना चाहता था, किन्तु हड़बड़ी और थरथरी में उसका हाथ जेब तक नहीं पहुंच पाया। वह पछताने लगा और फिर सीट पर लुढ़कता-पुढ़कता बमक उठा, "स्साली, बुके वाली..."

२

"तुम्हें आज स्कूल में नहीं देखा..." मूढ़े पर बैठकर लेखक ने एक थकी हुई सांस ली, "मुझे चिन्ता हुई कि कहीं फिर बुखार ने तो तुम्हें नहीं घेर लिया!"

"मेरी इतनी चिन्ता क्यों किया करते हो!" कहकर अन्ना...बुझे-बुझे ढंग से मुसकराने लगी।

उसके हाथ ऊन के धागों और सलाइयों में उलझे हुए थे।

वह हरा स्वेटर बुन रही थी। खूब चटख हरा-हरा। बारिश के मौसम में लहलहाकर बोलते हुए अनगिन नामालूम पौधों जैसा रंग।

"किसका है?" वह स्वयं को पूछने से न रोक सका।

"चीनू का। पसन्द आया?"

लेखक के प्रशंसा-भाव ने अन्ना को कुछ संकुचित कर दिया।

"तुम इतनी अच्छी बुनाई करती हो...लेकिन खुद के लिए हमेशा बाजार से ही खरीदती हो।"

"अपने वास्ते बुनने में बड़ा आलस आता है।"

"तुमने तातील की दरख्वास्त भेज दी थी?"

"नहीं। समय ही नहीं मिला। मैं बहुत परेशान रही, सुबह-सुबह।...अभी तुम्हें दे दूंगी, लिखकर। तुम कल प्रिंसिपल के दफ्तर में पहुंचा देना।"

"ऐसे...घबराने की तो कोई बात नहीं। प्रिंसिपल तुम्हें बहुत मानते हैं।"

"वाकई, वो इतने अच्छे हैं कि–"

"कभी-कभी तो उनकी अच्छाइयों पर विश्वास होने लगता है।" लेखक ने अन्ना की बात पूरी की।

"निजाम के जमाने में उन्हें क्या-क्या तकलीफें दी गईं, तुम्हें पता है?"

"मैंने सुना है."

"जेल में रोज उनपर इक्यावन हण्टर बरसाए जाते थे। कैदियों के बीच उनका नाम ही 'इक्यावन' पड़ गया था।"

"उन्होंने क्या अपराध किया था? मेरा मतलब है–"

"बम बनाते थे। क्रान्तिकारियों से उनका गहरा सम्बन्ध था। पकड़ लिए गए।...किसी पड़ोसी को शक हो गया था। उसीने पुलिस को खबर कर दी थी।"

"मैंने उन्हें कभी गुस्से में नहीं देखा। ऐसे ठंडे और उदार व्यक्ति ने कभी बम बनाए थे...सुनकर अजीब-सा लगता है।"

"वो गिरफ्तार होकर गए और पीछे से उनकी पत्नी ने खुदकुशी कर ली। छत पर से छलांग लगाकर ...ऊंचे घराने की थी। पति पर वारण्ट को उसने अपना घोर अपमान समझा।"

"स्त्रियों की समझ–" लेखक ने कन्धे उचकाए।

अन्ना हंसने लगी।

फिर फन्दों की गिनती करते हुए बोली, "तुम्हारी कहानी का क्या हुआ?"

"लिख रहा हूं।" लेखक ने फीका-सा जवाब दिया।

हिसाब ठीक था, फन्दों का॥

अन्ना आश्वस्त हो गई। उसने एक हाथ से माथे पर झूल आए बालों को पीछे खोंस लिया।

"चीनू का सलेक्शन हो गया है। वह बोली।

"विश्वविद्यालय की क्रिकेट टीम में?"

"हां। कल उस्मानिया और दिल्ली के बीच मैच शुरू होगा।"

"चीनू तो बड़ा खुश होगा। सातवें आसमान पर..."

"लेकिन...जब तक टीम की घोषणा नहीं हुई, उसने बहुत हंगामा किए रखा।"

"हंगामेबाज तो वह वैसे भी है–"

"इसी हो-हल्ले में मुझे मालूम पड़ा कि चीनू की एक प्रेमिका भी है।"

अन्ना की आवाज में प्रसन्नता के रोमांच का पुट था।

उस प्रसन्न मन की गरमाई का एक अंश लेखक तक भी पहुंचा। किरणों के शिलमिल गुच्छे की तरह।

"यदि चीनू को टीम में नहीं लिया जाता, तो उसकी प्रेमिका गड़बड़ा जाती।"

"कच्ची उमर का प्रेम भी कच्चा होता है।" लेखक ने कहा।

"नहीं, ऐसा नहीं।' अन्ना ने विरोध किया। एक क्षण के लिए उनका चेहरा मेहंदिया मेहंदिया हो उठा, रचा-रचा'...किन्तु उतनी ही तेजी से वह रंग धुल गया।

"मैं आज उस लड़की से मिलने गई थी। चीनू ने ही तय किया सब कुछ...'अलका कैफे' में।" अन्ना का स्वर आवेगपूर्ण हो गया, "वह चीनू को गहराई से चाहती है। उसने यह भी बतला दिया मुझे कि पहले उसका लगाव एक और लड़के से था...वह किसी तम्बाकू कंपनी में काम करता है, कतई महत्त्वाकांक्षी नहीं है—बिल्कुल ढीलाढाला और भाग-दौड़ से जी चुराने वाला।"

एक महत्त्वाकांक्षी पुरुष के घोड़े के पीछे, अपनी वेगवती महत्त्वाकांक्षाओं का रथ जोड़ देती है और फिर आराम से उसमें बैठ जाती है, लेखक ने सोचा और होंठ चबाने लगा।

"मैंने चीनू को कभी खेलते हुए नहीं देखा।"

"तो कल देख लेना।" अन्ना उत्साह से बोली, "मैं तुम्हारे लिए टिकट लेकर गेट पर रहूंगी।"

"मैं आऊंगा। मुझे चीनू का करिश्मा देखना है।"

"वह ऑल राउंडर है। फिरकी गेंदें फेंकता है और अक्सर सातवें नम्बर पर बल्लेबाजी करता है।"

"लम्बा-तगड़ा नौजवान निकल आया है चीनू।"

अन्ना मुदित होकर छलक-सी पड़ी, "लम्बाई का फायदा वह बैटिंग करते वक्त उठाता है। मौका मिलना चाहिए जरा–सा, चौका मारने के लिए लपक पड़ता है।"

सफेद कबूतरों का एक झुंड ऊपर से उड़ता हुआ गुजर गया।

पालतू थे।

उनके पंखों की गति को देखकर अनुमान लगाया जा सकता था कि वे पिंजरों में रहने के अभ्यस्त हो चुके हैं।

"तुमने कापियां जांचकर दे दी?" लेखक ने पूछा। उसे छमाही इम्तहान का खयाल हो आया।

"अभी कहां?" अन्ना खिन्नता से बोली, "पांच बंडल हैं। मैंने तो अभी एक ही खोलकर देखना शुरू किया था कि..."

"दो-तीन बंडल मुझे दे देना। मैं निपटा दूंगा।"

"तुम हमेशा मेरी सहायता करते हो।"

"म्यूजिक में तो मुझे ज्यादा-कुछ करना पड़ता नहीं।"

अन्ना ने ऊन के गोले समेटकर गोद में रख लिए।

उसने बुनना बन्द कर दिया था। अचानक।

वह अब अपनी हथेलियों को देख रही थी और सोच रही थी।

हथेलियां मुरझाई हुई थीं। उनमें जाले ही जाले थे।

वे दोनों आंगन में बैठे थे। धूप वहां से जा चुकी थी। दीवारों से उतरकर आई हुई छायाओं ने उन्हें गाढ़ेपन के साथ ढंक लिया था।

"मैंने आज वकील को बुला रखा है।"

अन्ना का स्वर इस कदर भावहीन था कि लेखक अकबका गया।

"वह अभी आएगा।"

लेखक चुप रहा, हालांकि उसे अपनी चुप्पी बेतरह अखर रही थी।

"अच्छा हुआ, तुम आ गए।...तुम उससे बात कर लोगे? मुझे ...बड़ी उलझन होती है। वह जाने क्या-क्या बोलने लगता है।"

"ठीक है।" लेखक ने कहा, किन्तु उसकी समझ में नहीं समा रहा था कि वह वकील से क्या बात करेगा?

हल्का-सा अन्दाजा तो था।

लेकिन, अन्दाजे से ही कब तक चीजों के बीच रपटते रहना होगा?

ऐसे मामले में सब कुछ स्पष्ट होना चाहिए।

कानूनी खुरपेंच निराले होते हैं।

उनमें अनेक अदृश्य मकड़ियां ताक में लटकी रहती हैं कि कब अवसर मिले, कब हमला बोला जाए और किसी निरीह को फंसाकर समाप्ति के घाट पर पहुंचा दिया जाए—बेआवाज!

वकील मदनलाल से वह परिचित था।

अन्ना के यहां उससे तीन-चार दफा मिल चुका था।

लेखक को वह एक दिलचस्प प्राणी लगता था। बातों के बीच-बीच में लार सटकता हुआ, दांतों से नाखून कुतरता हुआ

और...नाक खुरच-खुरचकर झाड़ते रहने में गहरी व्यस्तता तथा रुचि का प्रदर्शन करता हुआ!

"साहित्य तो समाज का दर्पण होता है..." मदनलाल कह रहा था।

लेखक ने उसे टोक दिया, "मैं आपसे असहमति रखता हूं। साहित्य समाज का नाला होता है।"

"छि:-छि:, आप गन्दे नाले से उसकी उपमा दे रहे हैं!"

"मुझे वह सदा पवित्र लगता है क्योंकि...सारी गन्दगी को बहा ले जाता है।"

"नहीं, नहीं।" मदनलाल सिर धुनने लगा, "लेखक तो विधाता की सर्वोत्तम सृष्टि है। उसे आदर्श उपस्थित करना चाहिए।"

"किसके सामने?" लेखक उत्तेजित हो उठा, "उन टुच्चे और तुच्छ लोगों के सामने, जो आदर्शों का तौलिये की तरह इस्तेमाल करते हैं? बस, बदन का पसीना पोंछ लिया और फेंक दिया।"

"आप बहक गए हैं।...मेरी पत्नी भी कवयित्री थी। सिन्धी में कविताएं लिखती थी।"

"आपकी पत्नी ने कौन-कौन-से आदर्श प्रस्तुत किए?"

"असंख्य!" मदनलाल उछल पड़ा, "कोई एक हो तो गिनाऊं! वह अधिक जिन्दा नहीं रही..."

"तब अवश्य ही उनके आदर्श हत्यारे रहे होंगे।"

"आप कैसी बातें कर रहे हैं! वह पतिव्रता थी। लेकिन, उसके भाइयों ने अच्छा व्यवहार नहीं किया बेचारी के साथ। वे जवाहरात के व्यापार में दिन-रात धन बटोरते रहे, पर बहन को दहेज में निहायत मामूली चीजें दीं।"

"आपको इसी का दुःख है?"

"मेरे दुःखों की फेहरिस्त बनाना छोड़िए।...मैं अपनी पत्नी को याद करता हूं और रोता हूं।"

"रोना ही चाहिए। हंगरी के एक डॉक्टर ने कहा है कि जो लोग वृद्धावस्था में रोते हैं, वे स्वस्थ रहते हैं। उनके लिए आंसू बहाना अमृत पीने के समान है।"

"अच्छा!" मदनलाल का मुंह खुला का खुला रह गया, "यह तो आपने बढ़िया दवा बतलाई मुझे।...मेरा दिल कमजोर है, बड़ा भावुक है, पत्नी के वियोग ने उसे इतना रुलाया है कि..."

"आपकी पत्नी बीमारी से मरी या दुर्घटना से?"

"स्टोव फट गया। कपड़ों में आग लग गई।...खाना बना रही थी।" मदनलाल ने पलकें फड़फड़ाईं, "उसके भाइयों ने बाद में मुझे बहुत सताया। मुकदमेबाजी हुई। उनका आरोप था कि। मैंने जानबूझकर उसे जला डाला। मैं ज्यादा दहेज चाहता था।...यदि मैं कानून-कायदों का जानकार न होता तो वे मुझे फांसी पर चढ़वाकर ही दम लेते! लेकिन, मैंने उनकी एक न चलने दी। उल्टे, उनके पीछे तीन झूठे केस लगा दिए।"

"झूठ का भी एक आदर्श होता है!"

"जरूर होता है। खास तौर से, वकालत में।"

अन्ना को आते देखकर मदनलाल चुप हो गया।

एक तस्तरी में नमकीन बिस्कुट और कॉफी के दो प्याले। अन्ना रखकर चली गई। सिर झुकाए हुए।

मदनलाल कॉफी में भिगो-भिगोकर बिस्कुट कुतरने लगा। लेखक अन्यमनस्क हो उठा।

उसके भीतर एक तीव्र इच्छा जोर मारने लगी कि यहां से उठो और चल दो!

उसे दबाने के प्रयत्न में उसने प्याले से होंठ सटा लिए।

"मैं कभी आपको अपनी पत्नी की कविताएं सुनाऊंगा।" मदनलाल ने कॉफी पीते-पीते कोट की जेब से रूमाल निकाला और नाक साफ की।

"सोने से पहले, रोज, मैं उसकी डायरी पढ़ता हूं।" फिर उसकी आबाज जैसे फटकर तार-तार हो गई, "आप अन्नपूर्णा को समझाइए..."

"अन्ना को?...क्या समझाऊं?"

"उसीके भले की बात..." वह क्यों हाथ पर हाथ धरे बैठी है?

"अन्ना स्कूल में पढ़ाने जाती है..."

"आप खुद भी समझने की कोशिश कीजिए।"

मदनलाल खीज उठा था। उसके स्वर में हल्की-सी डांट थी।

लेखक बगलें झाकने लगा।

"वह किसका इन्तजार कर रही है? अपने आवारा खसम का? वह तो वारंगल में रंडी के कोठे पर ऐश कर रहा है।"

"तलाक की अर्जी का क्या हुआ?" लेखक को जितना मालूम था, उतना उसने बोल दिया।

"अगले हफ्ते फैसला हो जाएगा।"

मदनलाल ने बिस्कुट खाते-खाते लार सटक डाली।

"चलो, अन्ना को इस झंझट से मुक्ति मिलेगी।" लेखक बोला।

"मुक्ति क्या? मैंने तो पहले ही जबान दे दी थी—तलाक दिलवाके रहूंगा। लेकिन...सोचना चाहिए अब, आगे के लिए।"

"अन्ना की जिन्दगी उसकी अपनी है।...हमें किसी किस्म की दखलंदाजी नहीं करनी चाहिए।"

"आप मत कीजिए, मैं तो करूंगा। अन्नपूर्णा पर मेरा हक है?"

"क्या हक है?" लेखक तैश में आ गया।

"बरसों पुरानी जान-पहचान है।...उसकी जिन्दगी में प्रवेश करने वाला पहला पुरुष मैं ही हूं। शादी से भी पहले..." मदनलाल भद्दे ढंग से मुसकराया और नाक में उंगली डालकर दूसरी तरफ देखने लगा।

"बको मत!"

"पूछ लो अन्नपूर्णा से! वह मुझे वकील अंकल कहती है। मेरा उससे प्यार रह चुका है।"

लेखक के जी में आया कि एक झापड़ रसीद कर दे, उस पिलपिले। थोबड़े पर। किन्तु उसने अपने पर नियन्त्रण रखा।

"वह मेरी पत्नी के पास आया करती थी, कविताएं सुनने के लिए, कॉलेज में पढ़ती थी उस वक्त। तभी हम दोनों की आखें लड़ गईं।" मदनलाल रस लेकर बखान कर रहा था। सहसा उसकी नजरें लेखक से मिलीं। वह सकपका गया। एक पल रुककर और सचेत होकर बोला, "मैंने डाइवोर्स का केस मुफ्त लड़ा है। टाइपिंग का खर्चा भी नहीं लिया, अन्नपूर्णा से। क्या यों ही?...बेटा कितने दिन और साथ रहेगा उसके? साल-डेढ़ साल में चिन्मय यूनिवर्सिटी पास कर लेगा। फिर वह अपनी सर्विस, अपनी वाइफ, अपनी तरक्की से जा लगेगा—"

"चीनू को आप जानते नहीं हैं, उसकी नेचर—"

"खूब जानता हूं। मुझे तो डाउट है कि वह मेरा ही लड़का है। एक रोज पूछा था मैंने, अन्नपूर्णा से। वह भी पक्की नहीं है। शादी के साढ़े आठ महीने बाद ही चिन्मय पैदा हो गया था।...

आपने चिन्मय का चेहरा गौर से देखा है? नाक अन्नपूर्णा जैसी है, बाकी सब मुझसे मिलता है।"

"अगर चीनू को आपके इरादों का पता चल गया तो—"

"उसे मैं वश में कर लूंगा।"

"वह आपकी गर्दन तोड़ देगा।"

"पढ़ाई खत्म कर वह बेरोजगारी में नहीं भटकना चाहेगा। उसे मालूम है कि मैं उसकी हेल्प करूंगा। वह मुझपर भरोसा रखता है।"

"अन्ना क्या सोचती है, इस बारे में..."

"वह ना-ना कर रही है। यह तो औरतों की आदत होती है। मुझसे ज्यादा उसके मन को और कौन जानेगा? वह शुरू से ही शर्मीली है।"

लेखक के मस्तिष्क में सन्नाटा व्याप गया। एक अनवरत सांय-सांय...

कॉफी खत्म हो चुकी थी, किन्तु प्याले में चीनी के कुछ दाने बचे रह गए थे। मदनलाल उन्हें अंगुली से चाटने लगा।

"वकील अंकल!"

अन्ना दरवाजे पर खड़ी थी।

"अभी...आपका क्या प्रोग्राम है?" उसने झिझकते हुए पूछा।

"मुझे लौटने की जल्दी नहीं है।" मदनलाल होंठ चूसते हुए बोला, मैं यहां से खाना खाकर जाऊंगा। मुझे चिन्मय से भी मिलना है।"

"चीनू तो रात को देर से आएगा।"

"तो क्या हुआ? मैं पूरी फुरसत लेकर आया हूं।"

अन्ना असमंजस में ठिठकी रही।

लेखक उसे देख रहा था, हैरत से।

कहीं कुछ बदल गया था।

कहीं कोई झरना सूख गया था और अब वहां केवल एक खाई थी। बू मारती हुई।

उसे लगा, इस क्षण हर चीज एक छद्म में...एक छल में गिरकर अपनी शक्ल खो चुकी है।

वह, लेखक नहीं है। अन्ना, अन्ना नहीं है। मदनलाल, मदनलाल नहीं है।

नहीं, मदनलाल ही ऐसा है—जो इस वक्त भी मदनलाल है और शक्ल को बरकरार रखे हुए है।

घर सुनसान था। लेखक भी।

कोई हलचल नहीं पैदा हो रही थी। एक बेहया खामोशी। और, खामोशी। और, खामोशी।

अपनी कहानी को 'मूर्त' करने के लिए लेखक ने लकड़ियों का एक ढांचा बनाया। उसमें जहां मुनासिब लगा, भूसा भर दिया।

गुनवन्ती दर्जी के यहां से कतरनों की पोटली बांध लाई थी।

लेखक उसके अहसान तले दब गया। वह औरत उसकी इच्छा-पूर्ति के लिए जुटी हुई थी। जब भूसे की पुतली तैयार हो गई तो लेखक ने उसको कतरनों से 'सज़ीली' बनाना शुरू कर दिया।

गुनवन्ती ने उसकी कृति को देखा और ठगी-सी खड़ी रही।

"यह क्या है? देवी माता?"

"सोचकर बतलाना होगा आपको।"

गुनवन्ती सोचते-सोचते अधमरी हो गई। बोली, "बिलायती गुड़िया है?"

"नहीं।"

गुनबन्ती घूम-घूमकर उसका मुआयना करने लगी।

लेखक को संतोष मिल रहा था इससे।

"अलग-अलग जगह से देखने पर यह भांत-भांत की लगती है।"

"क्या लगती है।"

"कहीं शे मरी फूहड़ औरत, कहीं शे देवी, कहीं शे डायन, कहीं शे मेम जैशी गुड़िया, कहीं शे भूतनी..."

"यह मेरी पांडुलिपि है, लेकिन अधुरी!"

लेखक आवेगाकुल था। और, फिक्रमन्द भी।

गुनवन्ती ने उसे न समझ सकने वाली निगाहों से देखा। लेखक उसे अजनबी लगा।

"मैं नहीं जानता, यह कहानी कब पूरी होगी?" लेखक ने आह भरी। तभी उसके दिमाग में एक नया विचार लहरा गया, "यह अकेली है। मैं एक और मूरत बनाऊंगा मिट्टी से। उसके लिए कुम्हार के यहां से चिकनी मिट्टी लानी होगी।"

"मैं मंगवा दूंगी।" गुनवन्ती बोली, "गनेशी ले आएगा।"

गनेशी!

लेखक ने पूछा, "गनेशी का दिल लग गया है इस घर में?"

"दिल तो लग गया है, लेकिन कभी-कभी रोने लगता है।"

"क्यों?" लेखक मुस्कराया, "लड़कपन छूटा नहीं अभी?"

"छूट जाएगा। मैं छुड़वा दूंगी।" गुनवन्ती भी मुसकराई। उस मुसकान में अपने पर विश्वास था। और गर्व भी।

"दर-दर की ठोकरें खाते-खाते आदमी मजबूत हो जाता है। फिर रोता नहीं।"

"मैं उसे ठोकर नहीं मारूंगी। मेरा शुभाव ऐशा नहीं।"

अन्ना ने परिचय करवाया, "यह नीरा है, चीनू की मित्र।"

इससे पहले कि लेखक उस लड़की को अच्छी तरह देख सके, एक घटना हुई।

लड़की ने अपना हाथ आगे बढ़ा दिया।

लेखक को उसका मुकाबला करना पड़ा, हालांकि वह लड़कियों से हाथ मिलाने का आदी नहीं था।

नीरा की हथेली सपाट और खुरदरी थी। कुछ तनी हुई।

लेखक के मन में अरुचि पैदा हुई। जिज्ञासा ठंडी पड़ गई।

"क्या खेल शुरू हो चुका है?" उसने अन्ना से पूछा।

"हां, तुम देर से आए हो।"

लेखक को अफसोस हुआ। अन्ना उसीके इन्तजार में गेट पर खड़ी रही थी।

"तुम्हें बैठ जाना चाहिए था। मैं ढूंढ़ लेता..."

"राइटर साहब, यहां किसी को खोजना आसान नहीं है।" नीरा बोली।

"वह तुमसे मिलने के लिए उत्सुक थी।"

अन्ना ने नीरा की ओर देखा। मुसकराई।

"अब उस उत्सुकता को पाला मार गया होगा।" वह हंसा।

"नहीं, ऐसा नहीं। मैं आपसे बातें करूंगी, ढेर सारी बाते!"

नीरा ने एक पल के लिए उसकी बांह पकड़ी और दबाकर छोड़ दी। वह काठ के शिकंजे का सा स्पर्श!

बहुत भीड़ थी। ज्यादातर लड़के-लड़कियां। चहकते-दहकते।

वे नंबर देखते हुए अपनी सीटों पर आ गए।

एक शोर सरसराया तो लेखक ने मैदान पर निगाह डाली।

गेंद के पीछे कोई भाग रहा था।

सफेद वर्दी पहने हुए खिलाड़ी किसी सस्ते-से कॉफी हाउस के बैरे लग रहे थे।

"चीनू कहां है?" वह उसका चेहरा तलाशने लगा।

तलाश व्यर्थ गई।

"वो उधर पवेलियन में बैठा है, बेचारा...अनलकी ब्वॉय!"

"ऐसा मत कहो।" अन्ना ने नीरा को टोका, "तुम्हें उससे हमदर्दी होनी चाहिए।"

"क्यों, क्या हुआ? कुछ गड़बड़..." लेखक उनकी नोक-झोंक को तोड़ता हुआ उचका॥

"चीनू को बारहवां खिलाड़ी रखा गया है।" अन्ना ने कहा, "वह पहले ही आशंकित था। बोल रहा था, कैप्टन उससे चिढ़ता है।"

"हर जगह पॉलिटिक्स चलती है।" नीरा बोली, "लेकिन उससे निपटने का तरीका भी आना चाहिए। यही तो स्ट्रगल है जिन्दगी का। क्यों, राइटर साहब!"

लेखक ने कोई जवाब नहीं दिया।

उसे अपनी कुर्सी नीचे से सख्त और ऊबड़-खाबड़ लगने लगी। बीच का लोहा गूमड़ की तरह उठा हुआ था।

"उस्मानिया की टीम टॉस नहीं जीत सकी। वह फील्डिंग में है।" अन्ना ने बतालाया।

"देखना, चीनू को फील्डिंग का चांस भी नहीं दिया जाएगा।" नीरा ने नाक चढ़ाकर तुनतुने सुर में कहा, "उससे तो टीम की सेवा-चाकरी का ही काम लिया जाएगा। जब ड्रिंक्स का टाइम हो, सबके लिए पानी-तौलिया लेकर जाओ!"

"चीनू सच्चा खिलाड़ी है। मेरा खयाल है, वह बुरा नहीं मानेगा।" अन्ना ने बेटे का पक्ष लिया।

उसे नीरा का बढ़-बढ़कर बोलना अखर रहा था।

"वकील साहब नहीं आए?" नीरा के होंठ व्यंग्य से बचकाने हो गए।

"आ जाएंगे। तुम उनकी फिक्र मत करो।" अन्ना ने तीखेपन से उत्तर दिया।

—औरतें झगड़ रही हैं और एक औरत-विरोधी तमाशा देख रहा है। दुहरा तमाशा। क्रिकेट के मैदानी खेल से बाहर एक और क्रिकेट! धुआंधार बल्लेबाजी और 'स्पिन' गेंदों का चकमा।

लेखक भीतर-ही-भीतर ठहाका लगाकर संतुष्ट हो गया।

—क्या मैं सचमुच स्त्रियों का विरोधी हूं? नहीं मैं उनके विरोध में नहीं हूं। किन्तु, पक्ष में भी नहीं हूं। मैं सिर्फ 'दर्शक' हूं। शायद...दर्शक भी नहीं—क्योंकि कभी-कभी जबरदस्त लगाव महसूस करता हूं, उनके साथ। और, उतनी ही तेजतल्ख नफरत भी। कभी कुछ क्षणों के लिए लगता है, वे तमाम स्त्रियां मेरी हैं—जो दुःखी हैं, सुखी हैं, नाराज हैं, बेचैन हैं, भयग्रस्त हैं, तृप्त हैं, खतरनाक हैं, झांसेबाज हैं, साहसी हैं, बड़बोली हैं, चुप्पा हैं, अप्राप्य हैं, जूठन हैं, प्रेमपुष्ट हैं, एकान्तिनी हैं, गई-गुजरी हैं, फैली-पसरी हैं...और मैं उन सबका हूं। सबै भूमि गोपाल की। मैं गोपाल नहीं हूं। मुझे गायें पालना बिलकुल पसंद नहीं। परन्तु वे सब गोपिकाएं हैं। मेरी सारी 'भूमि' उन्हीं के बीच बंटी हुई है, उन स्त्रियों में।

तालियों की गड़गड़ाहट हुई।

—क्या मेरा आत्मालाप सबको सुनाई दे रहा है, यहां? मेरा

चिंतन। मेरे निष्कर्ष। मेरे अनुभवों का सत्व।...फिर इस करतल-ध्वनि का क्या मतलब? नहीं, किसीने आज तक 'वास्तविक' होकर मेरी प्रशंसा नहीं की। मेरे विचार मुझमें ही गड़गडाहट उत्पन्न कर राख होते रहे। उनके लिए किसीने तालियां नहीं बजाईं।

एक खिलाड़ी 'आउट' हुआ था।

वह लौट रहा था।

उसकी जगह लेने के लिए दूसरा खिलाड़ी जा रहा था। बैट घुमाता और शान दरसाता हुआ। चेहरे पर एक सच्ची दहशत, और झूठी अकड़।

तालियां तड़पड़ा रही थीं। उन दोनों के लिए।

"राइटर साहब, आप तो एकदम गोता लगा गए।"

गोता! लेखक इस तरह हड़बड़ा गया, जैसे सेंध मारते हुए पकड़ लिया गया हो। हां, वह सेंध ही मार रहा था, लेकिन अपनी निर्जन दुनिया में!

"मैं यों ही कुछ सोचने लगा था..."

लेखक ने मुजरिम की तरह दबे-दबे कहा और नीरा की ओर देखा।

"क्या राइटर लोग हमेशा थिंकिंग करते रहते हैं? दूसरों के लिए कोई समय नहीं होता उनके पास?"

नीरा ने मुलायम उलाहना दिया और आंखों पर दूरबीन चढ़ाकर मैदान की पड़ताल करने लगी।

"मैं सोच रहा था कि स्त्रियां..."

"मैंने सुना है, स्त्रियों को लेकर आप कोई स्टोरी लिख रहे हैं?"

"हां, स्त्रियों में मुझे बहुत कुछ दिखलाई देता है। वे इतनी सुन्दर होती हैं कि डर लगता है। और, वे इतनी असून्दर हो जाती

हैं कि डर लगता है।"

"यानी आप उनसे डरते ही रहते हैं।"

"डरता हूं और चकित होता हूं, सुन्दरता और असुन्दरता के इस अद्भुद...आतंककारी मेल से।"

वह कहना चाहता था कि कहीं पर एक स्त्री ऐसी अवश्य है, जो अपने सौंदर्य में उज्ज्वल-ही-उज्ज्वल है...अलौकिकता की हद तक। एक दिन आएगा, जब वह उसके प्रेम को पाने में समर्थ हो सकेगा। उससे मिलते ही वह उस कलुष से मुक्त हो जाएगा, जो बरसों से अन्तरात्मा पर पुता हुआ है। वह स्त्री कोई छलना नहीं है, उसके जीवन की निविड़ चाहना है।

तभी गंदनलाल अवतरित हुआ, उसके दृष्टि-पथ में।

वह लोगों के घुटनों से टकराता हुआ उनकी ओर बढ़ रहा था।

लेखक ने देखा, अन्ना के पास एक कुर्सी खाली थी।

मदनलाल उसी पर धब्ब से गिर गया। वह हांफ रहा था। उसके होंठों के कोने बेतरह गीले थे और चू रहे थे।

नीरा लेखक के समीप बैठी थी।

उसने एक नकली उबासी लेते हुए कहा, "बड़ी बोरियत हो रही है। एक-एक रन बनाने में हलाल हुए जा रहे हैं, दिल्ली वाले। बस, टिकिर-टिकर लगा रखी है।"

"उस्मानिया के बॉलर दबदबा रखते हैं अपना।" अन्ना खेल को इस तरह देख रही थी, मानो वहां बच्चों के लिए बन्दर का नाच हो रहा हो। वह उससे न जुड़ पा रही थी, न छिटक रही थी। चीनू के बिना सब कुछ बेजान और किरकिरा लग रहा था।

"क्या खयाल है, राइटर साहब...ऊब को मिटाने के लिए कुछ टहला जाए, इधर-उधर!" नीरा के मुंह में चुइंगम थी। वह उसे

डोलाने लगी।

लेखक तुरन्त खड़ा हो गया। वह कुर्सी पर जम-सा गया था और परिवर्तन चाहता था।

"देखो, देखो, उन्होंने फील्डिंग के लिए बुला लिया है।" अन्ना जोर से बोली। उसके गए हुए प्राण लौट आए थे। एक आश्वासन के साथ।

नीरा ने उठते हुए बिना किसी दिलचस्पी के कहा, "चलो, ठीक है। एक भी कैच पकड़ सका वो, तो कल अखबारों में नाम छप जाएगा।"

अन्ना ने संभवतः उसकी टिप्पणी सुनी ही नहीं। वह अब मैच में रम गई थी, "चीनू आते ही दौड़ने लगा है।"

"वह कभी हौसला खोता नहीं।" मदनलाल की चुंधी-चुंधी आंखें भी चमकाने लगी थीं।

"उसे बाउंड्री लाइन के पास ही खड़ा रहना अच्छा लगता है।"

"उसकी फेवरेट जगह है वह।"

अन्ना और मदनलाल व्यस्त थे, इसलिए लेखक ने उनसे नहीं पूछा। वह नीरा के साथ पंक्ति से निकलकर बाहर आ गया।

"मैं कई देर से सोच रही थी कि...उन्हें प्राइवेसी चाहिए।"

"किन्हें?" लेखक के मुंह से यों ही एक शब्द निकल गया।

"क्या आपको मालूम नहीं?" नीरा ने चुइंगम को अगले दांतों के बीच लिपलिपाया। फिर बोली, "वे दोनों...प्रेमी-प्रेमिका हैं। बिछुड़े हुए। अब मिल गए हैं। एक को तलाक ने सुविधा दे दी है, दूसरे की बीवी स्वर्ग सिधार चुकी है। भाग्य इस तरह बहुत कम का साथ देता है!"

वह हंस पड़ी। हंसती रही, कुछ क्षण। कदाचित् जानबूझकर। कुछ ही लोग इस भांति हंस सकते हैं—कि उनकी हंसी रबर के

तार की तरह खिंचती चली जाए।

"क्या अन्ना ने तुमसे कुछ कहा है?"

"किसके बारे में?" नीरा ने पलटकर पूछा।

"अपने सम्बन्धों को लेकर..."

"राइटर साहब! यह इश्क का मामला है। इसमें न कुछ कहा जाता है, न कुछ सुना जाता है।"

"तुम्हें अन्ना के लिए इस तरह नहीं बोलना चाहिए।"

"क्यों, कोई पर्सनैलिटी है वो? मैं किसीको नहीं बख्शती।"

"अन्ना...चीनू की मां है।"

"तो क्या करूं मैं? क्या उसने आपको यह इम्प्रेसन दिया है। कि चीनू के साथ मेरा लव-अफेयर चल रहा है?"

"वह तुमसे मिली थी।"

"बहुत-से लड़कों की माताएं मिलती रहती हैं मुझसे।"

"क्या तुमने उसे आश्वस्त नहीं किया?"

"नेव्वर! यह बात मेरे 'वे ऑव लिविंग' के खिलाफ है। मैंने उससे कहा था—मैडम, कुछ रोज पहले मैं एक और लड़के को चाहती थी किन्तु अब मुझे चीनू अच्छा लगता है।"

नीरा रुक गई। वे मैदान के किनारे-किनारे चहलकदमी कर रहे थे।

"राइटर साहब, मैं तो सिर्फ एक तजुर्बा चाहती हूं। चीनू प्लेयर है। कल को कोई राइटर भी हो सकता है।"

उसने लेखक का हाथ दबा दिया।

लेखक के गले में कांटे-ही-कांटे उग गए। वह कुछ बोल न सका।

"है न मजेदार बात!...ऐसी दुस्साहसी हूं मैं कि चाहूं तो यहीं आपको 'किस' कर सकती हूं—सरे आम।"

लेखक परे हट गया। घबराकर।

"स्त्रियों से आप डरते हैं, मुझे पता है। इतमीनान रखिए, मेरे होंठ अभी आपको स्वाद नहीं देंगे।"

एक छबड़ीवाला आया, पुकारता हुआ।

उन्होंने दो ठोंगे ले लिए और मूंगफलियां टूंगने लगे।

"मैं बंधे-बंधाए ढर्रे और ढांचे से आजिज आ चुकी हूं।...मुल्क को अब एक रिवोल्यूशन की जरूरत है।"

"दो तरह की क्रांति होती है—एक अमीरों के हित में, दूसरी गरीबों के लिए।" लेखक को लगा कि अब वह स्थिर हो चुका है।

"अमीर-गरीब का तो कोई झगड़ा है ही नहीं हमारे देश में। कर्म करो और फल की चिन्ता मत करो—गीता में लार्ड कृष्णा ने जो बोल दिया है, वह अंतिम सत्य है। ट्रेड यूनियनों वाले चिल्लाते हैं तो उससे क्या? उनका धंधा ही है—चिल्लाना, दंगे करना, अशान्ति फैलाना। वे सोशल पैटर्न में कोई बदलाव नहीं ला सकते है।...मैं चाहती हूं कि यौन-क्रान्ति हो।"

"यौन-क्रान्ति भी दो तरह की होती है—एक स्त्रियों के लिए, दूसरी पुरुषों के लिए।" लेखक अब खामखा का आनन्द लेने लगा था, बातचीत में।

"यस्स।" नीरा ने समर्थन में गर्दन को झटका दिया। उसके कटे हुए बाल चील के पंखों की भांति, चेहरे के दोनों ओर, खुले और बन्द हुए।

"मैंने एक भूसे की औरत बनाई है। मेरी ख्वाहिश है कि यौन-क्रान्ति की शुरुआत उसीसे हो!"

"मेरा बाप बनिया है, पक्का मारवाड़ी!" नीरा अपने ही सोच में डूबी हुई थी, "तेल का व्यापारी! मैं छोटी थी तो बिस्तर पर लेटे-लेटे

देखती थी कि वह कैसे मम्मी को तंग करता था। उसे रात को सोने नहीं देता था। और उछल-कूद मचाता था। आखिर मम्मी उसको छोड़कर भाग गई।...अब वो मेरा सौदा कर रहा है, एक चमड़े के बिजनेसमैन के साथ। लेकिन मैं अपने बाप को और होनेवाले पति को सबक सिखाकर छोड़ूंगी। जानते हैं, कैसे?"

एकाएक लेखक को लगा, नीरा का चेहरा कुछ मर्लिन मनरो से मिलता है। कुछ सोफिया लारेन से। कुछ मीनाकुमारी से। कुछ...

"मैं अपने को भ्रष्ट कर डालूंगी। मैं अपनी देह को फाड़कर चिन्दी-चिन्दी कर दूंगी। तब, माई फादर...एण्ड वुड वी हसबैंड, मुझे देखेंगे और सिर पीट लेंगे। व्यक्तिगत तौर पर, यही होगी—मेरी रिवोल्यूशन! मैं एकदम फक्कड़ और फटेहाल हो जाऊंगी—शरीर से, मन से। तब कोई मुझसे कुछ नहीं पा सकेगा। मैं मस्त रहूंगी और हंसूंगी।"

नीरा ने कहकहा लगाया। लेखक विचलित हो उठा।

और लोग भी हो-हो कर हंस रहे थे।

कैच पकड़ने की कोशिश में एक खिलाड़ी लुढ़ककर धूल-धूसरित हो चुका था। उसकी कैप दूर जा पड़ी थी। चेहरा भुतैला-भुतैला हो गया था।

३

वह अफजल पुल पार कर रहा था, पैदल-पैदल।

नीचे मूसा नदी बह रही थी।

इतनी पतली और सिकुड़ी हुई जलरेखा कि एक नहर का आभास दे रही थी। किनारों पर काईदार हरी-हरी, बीच में नीलाई लिए हुए।

धोबियों ने अपने-अपने पत्थर जमा कर धारा को थोड़ा बदल दिया था। उस टेढ़े-मेढ़े प्रवाह के आजू-बाजू उनकी पटक-पछाड़ चल रही थी।

लेखक की आंखों में जलन थी। एक चुनचुनेपन में मुंदती और विस्फारित होती हुई।

प्रूफ-रीडिंग का काम उसे बहुत थका देता था।

बेहदगी से भरी हुई खबरों को बार-बार पढ़ते और सुधारते हुए उसके भीतर दरारें पड़ने लगती थीं।

लेकिन, स्कूल से छूटते ही वह रोज अखबार के कार्यालय की ओर लपकता था। उस मेहतर की भांति, जो अपनी मजबूरी को मुंह-नाक पर लपेटकर कचरे और दुर्गन्ध के ढेरम-ढेर में धंस जाता है।

पुल से उतरकर ज्योंही उसने पथरगट्टी की तरफ मुड़ना चाहा, एक आसमानी रंग की कार ने उसका रास्ता रोक लिया।

कार से उतरने वाली स्त्री को वह यकायक पहचान नहीं पाया।

"हलो, लेखक! कैसे हो?"

वह आज बुर्के में नहीं थी।

लेखक ने मुंह फेर लिया और अनिश्चित-सा चलने लगा।

"मुझसे नाराज हो?" वह उसके संग हो ली, "लेकिन मैं तुम्हारी शुक्रगुजार हूं।"

"मैं जरा जल्दी में हूं—" आगे कुछ कहते हुए लेखक हकला गया। जब वह दुर्बल और निरुपाय हो जाता था, उसकी

हकलाहट उभर पडती थी। फिर घंटों उसकी जीभ शब्दों को पकड़ते और छोड़ते हुए थरथराती रहती थी। वह उसे ठीक करने की कोशिश में बराबर बेठीक और अटपटा होता चला जाता था।

"तुम्हें मेरे साथ चलना होगा। सुनते हो, यह जीनत का ऑर्डर है।"

"नहीं, मैं नहीं जाऊंगा।"

"चाहते हो कि मैं चिल्लाकर एक सीन क्रिएट कर दूं, यहां पर?"

"नहीं, जीनत...ऐसा मत करना—"

"तो बिना हील-हुज्जत के चलकर गाड़ी में बैठो।"

"तुम्हारा ड्राइवर...मुझे कटखनी आंखों से देख रहा है..."

"देखेगा ही! मैंने उसे इसीलिए रखा है।" जीनत ने लेखक का हाथ पकड़ा, "कोई तुम्हारा कुछ नहीं बिगाड़ेगा।...मैं तुम्हें खुश देखना चाहती हूं।"

—खुश! मेरे खुश होने का सामान जीनत के पास नहीं हे। मेरे पास भी नहीं है।...ऐसा सामान कहां मिलता है?

लेखक अपने अंधेरे कोने में ढह गया।

चौराहे की बत्ती लाल थी।

गाड़ी रुक गई। बसों का एक परकोटा उसके चौतरफ बन गया।

"कई दिनों से मैं सोच रही हूं कि तुमसे मुलाकात होनी चाहिए। तुम्हारा मुझपर कर्ज है।...अभी काली कमान से लौटते हुए तुम्हें देखा तो तबीयत बाग-बाग हो गई।"

दोनों ओर ठहरा हुआ ट्रैफिक दो सेनाओं की तरह मोर्चे पर मुस्तैद लग रहा था।

अभी सीटी बजेगी और वे हमला बोल देंगी। नहीं, बगल

से कतराकर निकल जाएगी। इसीको कहते हैं—कूटनीति। विजयदुंदुभी का सिद्ध नुस्खा!

"उस रज, मैंने तुम्हें क्रिकेट-मैच में भी देखा था। लेकिन, तब नवाब थे साथ में। तुमसे बात नहीं कर सकी।"

यातायात बहने लगा। पहले धीमे-धीमे और चौकन्ना, फिर तेज।

"एक छोकरी चिपकी हुई थी तुम्हारे संग।...कौन थी?"

लेखक किंकर्तव्यविमूढ़ हो गया। क्या कहे, कैसे कहे, और ...क्यों कहे?

"तुम न बतलाओ तो क्या? उधर...मैंने उस छोकरी का पूरा रेकार्ड तैयार कर लिया है। इत्ती मोटी फाइल बन गई है। निरुपमा नाम है न उसका?"

"हां, नीरा।"

"बड़ी चालू है वो। बाप को धत्ता बताके होस्टल में रह रही है और हिप्पियों के साथ घूमती है। गांजा, चरस, भांग...सब तरह का नशा करती है।"

"मुझे क्या लेना-देना है उससे—"

"लेकिन, तुम मुझसे तो लेना-देना रखो।—मैं एक वीकली पेपर शुरू करना चाहती हूं। चार महीने बाद असेम्बली का चुनाव होने वाला है।"

"किस पार्टी से?"

"जो भी दरवाजे पर आकर नाक रगड़ेगी और सलाम बजाएगी।...लेकिन मुझे दिलचस्पी है, रिसाले में। तुम्हें उसका एडीटर होना है।"

"म्म्म...मुज्झे?" लेखक की हकलाहट बढ़ गई, "जीऽनत तुऽम होश्श में नऽहीं हो।"

होश में हूं। मैंने आज सुबह से एक बूंद भी हलक के नीचे नहीं

उतारी।...पहले एक फ्लॉवर-शो में गई, चीफ गेस्ट बनकर। फिर करतभी कुत्तों के एक मेले में। उसके बाद, नवाब की सियासत के अखाड़े में उतारने के मसले पर...एक जरूरी कॉन्फिडेंशियल मीटिंग में। कहीं भी पीने-पिलाने का डौल नहीं बन पाया। लेकिन—अब तुम मिल गए हो। मैं तुम्हारे लिए हंगेरियन कोन्याक खोलूंगी।"

"मैं तुम्हारे अखबार का एडीटर नहीं बनूंगा।"

"प्यारे, यह फैसला अब तुम्हें नहीं, नवाब को करना है।... मैं जानती हूं, तुम्हारा नाम सुनते ही वह भड़केंगे—लेकिन, मैं उन्हें राजी कर लूंगी। मैं मर्दों को वश में करने के सैंतीस गुरों की ज्ञाता हूं।"

दो-चार पांच नहीं, पूरे सैंतीस गुर!

लेखक की नसों में रक्त का बहाव थम-सा गया।

उसे लगा, वह मौत की घाटी की ओर जा रहा है।

यह जाना एक विवशता है।

एक पहाड़ आएगा और वहां से वह घाटी में फेंक दिया जाएगा।

—नहीं, मेरे लिए इसमें कुछ नयापन नहीं। बहुत पहले आ गया था, वह पहाड़! बहुत पहले फेंक दिया गया था मैं, घाटी में। बहुत पहले देख चुका हूं मैं अपना खून, अपने शरीर के चिथड़े अपना मरण-अभियान!

"अच्छा, जीनत! क्या मैं ख्वाब देख रहा हूं?"

वह हंसने लगी, "नहीं, यह हकीकत है।"

उसने लेखक की जांघ पर चुटकी काटी। दर्द का खिंचाव पैदा हुआ।

"क्या नवाब ने तुम्हें अपने हरम में डाल लिया है?"

"अभी भी सन्देह है तुम्हें?"

"नहीं, यों ही पूछ रहा था।"

"मेरी काबलियत से बहुत प्रभावित हुए हैं वो। जान गए हैं। कि मैं उनके काम की औरत हूं, दूसरी बेगमों की तरह सिर्फ सेज की सिसकारी नहीं! आजकल रोज रात को मेरे ही पास आते हैं। हर बात में सलाह लेते हैं।" जीनत की आवाज धीमी पड़ गई, "मैंने जासूसी का काम छोड़ा नहीं है। अच्छी तनख्वाह पर तीन आदमी रख लिए हैं! पुराने, परखे हुए लोग हैं। दगा नहीं देंगे मुझे। मैं नवाब पर भी निगाह रखती हूं..."

गाड़ी एक पार्कनुमा बंगले में दाखिल हुई।

घने-घने पेड़।

सजी-संवरी हरियाली। पौधों के मोर, हाथी, मुर्गे बने हुए।

"इसका पट्टा नवाब ने मेरे नाम लिख दिया है।"

कार से उतरते हुए जीनत ने कहा और फिर उसे सीढियों की ओर खींच ले चली।

लेखक की सांस लड़खड़ाने लगी।

बरामदा पार किया, फिर बैठक फिर एक शानदार कमरा!

लेखक टुकर-टुकर ताकने लगा, उस 'भव्यता' को।

वह जैसे एक अर्ट-गैलरी में पहुंच गया था।

दीवारों पर उसके प्रिय कलाकारों के चित्र टंगे हुए थे।

एक दीवान पर सितार रखा हुआ था। उसके पास ही तबलों की जोड़ी। और, तानपूरा।

"यह सितार कौन बजाता है?"

"मैं!...सीख रही हूं। हफ्ते में दो दिन उस्तादजी आते हैं। तुम गाते हो न?"

लेखक का ध्यान अल्लादिया खां की तसवीर की ओर चला गया। वह एक सुनहरे फ्रेम में जड़ी हुई थी। उसके हाथ प्रणाम की

मुद्रा में जुड़ गए।

"कुछ दिन और ठहर जाओ। मेरा रौब अच्छी तरह जम जाने दो। फिर मैं यहां तुम्हारा गाना करवाऊंगी।"

मखमली सोफे थे।

उनपर बैठना कोमलता के सरोवर में डूब जाना था।

लेखक डूब गया।

उसकी अपनी कमजोरियां थीं। उन कमजोरियों का एक सदियों पुराना इतिहास था। उस इतिहास के नेपथ्य में अनेक दुष्चक्र थे। वे दुष्चक्र एक क्रम में ढल चुके थे।

हंगेरियन कोन्याक आ गई।

कांच के छोटे-छोटे सुरापात्र। उनसे मन्द-मन्द रोशनी फूट रही थी।

उस वातावरण ने लेखक को सम्मोहित कर दिया।

सम्मोहन की वे छायाएं उसके संस्कारों को जानती थीं। उन संस्कारों में सौंदर्य के कई प्रतिमान गडमड होकर कुलबुला रहे थे।

"तुम्हारी खूबसूरत दुनिया के लिए!"

जीनत ने जाम उठाया और एक सुटक में खाली कर दिया।

वह इसी तरह पीती थी। पीती चली जाती थी।

लेखक ने कन्याक के स्वाद को कुछ क्षण होंठों में बांधे रखा।

लौ की धीमी-धीमी आंच।

फिर उसने उस गुनगुनेपन को अन्दर उतार लिया।

यही हुआ। बार-बार यही। कभी इस तरह, कभी दूसरे ढंग से। अलाव सुलगने लगा।

ताप ने जीनत के चेहरे पर गुलमोहर खिला दिया।

गुलमोहर!

लेखक की आंतों में ऐंठन होने लगी।

उस रात उसे किस तरह बेवकूफ बनाया गया था...यही जीनत थी, इसीने उसे बेइज्जत करने में कोई कोर-कसर बाकी नहीं रखी थी। कसी निर्दय, कैसी धूर्त और जालसाज है यह!

"आज तुम्हारी रफ्तार अच्छी है। पीने की।"

जीनत ने ताली बजाई। दो लड़कियां दौड़ती हुई आईं। दोनों सांवली, लेकिन बनी-ठनी।

"ये तेरी बांदियां हैं।" जीनत की आवाज में खुमारी की लहरें थीं, "क्या तुम चाहते हो कि ये तुम्हारी कुछ खिदमत करें?"

लड़कियां सिर झुकाए और हाथ बांधे खड़ी थीं।

लेखक भभक उठा, "ये तुमसे अच्छी हैं। शरीफ हैं। इज्जतदार हैं। लेकिन—तुम्म! दो टके की औरत...तुम करो मेरी खिदमत!"

जीनत हंस दी। उसने बांदियों को जाने के लिए कहा। फिर लेखक से बोली, "तुम्हें एकदम नशा हो जाता है और तुम बहकने लगते हो।"

"तुमने मुझे उल्लू बनाया।" वह अपनी ही धुन में धुत्त था।

"और अब एडीटर भी बनाऊंगी।"

"बना दो। मैं तुम्हारी ऐसी-तैसी करके रख दूंगा।"

"कर दो।" जीनत उठकर लेखक की गोद में आ बैठी, "यह सारी कोन्याक पी जाओ। और, मुझे भी।"

लेखक की आंखों के सामने आकाश गंगा का उजाला पसर गया।

फिर तारे झड़ने लगे। एक-एक कर।

वे टूटकर गिरते थे और एक एक चमकीली लकीर खिचकर विलीन हो जाती थी।

उसके होंठों में जीनत के होंठ थे। जैसे बुसे हुए आटे की लोइयां।

एक पल के लिए वह घृणा और पश्चाताप से तिलमिला उठा। किन्तु...

धीरे-धीरे तिलमिलाहट पर फव्वारा बरसने लगा।

बौछारें ही बौछारें!

वह नहा रहा था। एक स्वच्छ, पारदर्शी जल में।

वहाँ जीनत नहीं थी।...वही स्त्री थी, जिसे उसने दिवास्वप्नों में देखा था—अलौकिकता की इद तक सुन्दर और उज्ज्वल!

उसकी प्यास पिघलने लगी।

नींद टूटी तो एक घटाटोप संदेह घिर आया।

चारों ओर जो कुछ था, वह लेखक के लिए विश्वसनीय नहीं था।

वह चित पड़ा रहा। अर्धमृत।

"अब तुम जाओ। नवाब मुजरे में गए हुए हैं...उनके लौट आने का वक्त हो गया है।"

उसे जीनत का उत्फुल्ल स्वर सुनाई दिया।

लेखक उठा, आजू-बाजू देखता हुआ। अब वह उस...कोन्याक वाले कमरे में नहीं था।

"मैं तुम्हें यहां ले आई थी। यह मेरा बेडरूम है।"

उसकी पतलून बिस्तर के पांयताने पड़ी थी।

वह उसे टांगों में डालने लगा। विक्षिप्त-सा।

—कुछ था मेरे पास, जो बरबाद हो गया यहाँ। अब वह गुबारा नहीं मिलेगा मुझे।...मैं इसी योग्य हूं। मेरा यही होना था।

"तुम तो ऐसे आनन्दित थे कि मेरी समझ में नही आया, कैसे संभालूं? ऐसा बदमाश और छुट्टा जानवर मैंने नहीं देखा!"

जीनत ने उसकी तरफ देखकर जीभ निकाली, शरारतन।

वह वेश बदल चुकी थी। तरो-ताजा लग रही थी।

"जब तुम खर्राटे भरने लगे तो मैं स्नान करने चली गई। देखो, मैंने तुम्हारा सारा प्रेम धो दिया है और अब नवाब के लिए तैयार हूँ!"

लेखक उसकी तैयारियां देखता रहा।

वह ड्रेसिंग टेबिल के सामने जाने क्या-क्या संवार रही थी...

"तुमने ऐसा क्यों किया मेरे साथ?" लेखक कठिनता से बोल पाया।

"क्या किया मैंने?" कुछ भी तो नहीं। थोड़ी देर की मलंग मस्ती और एक डुबकी। जिन्दगी और है ही क्या?" उसका स्वर गुनगुनाहट से भर गया, "पछताओ मत। जो मिलता है, ले लो। जो कर सकते हो कर लो।

लेखक को क्रोध आने लगा। आत्मदया और वेदना के तले से चिनगारियां निकल आई। नहीं, अभी उसका सर्वनाश नहीं हुआ था। कुछ शेष था अभी, भस्म में।

"नवाब को आने दो! मैं तब तक यही रहूंगा और उसे तुम्हारे कुकर्म के बारे में बतलाऊंगा।"

जीनत चेहरे पर क्रीम मलती रहीं, निश्चिंता से।

"नादानी मत करो। नवाब तुम्हें गोली से उड़ा देगा।...मैं बोल दूंगी कि यह पंछी जबरदस्ती यहां घुस आया।"

लेखक पर बर्फ की चट्टान गिर पड़ी।

नहीं, वह इस कुलचिनी से पार नहीं पा सकेगा।

"क्या हुआ? एक ही बार में हार गए!"

आईने में बैठी हुई जीनत से लेखक की निगाहें मिलीं। वह पस्त हो गया!

"लेकिन, मैं अहसानफरामोश नहीं हूं। मैं तुम्हारा भविष्य चौपट नहीं करूंगी।...और तुम भी अक्ल से काम लो। यहां की पुलिस को तुम्हारे बारे में राई-रत्ती सब मालूम है कि तुम सात साल पहले बंगला देश से आए थे, कि तुम नाम बदलकर यहां रह रहे हो, कि लेखकी तो एक आड़ है—असल में हो तुम, खुफिया!"

"बकवास बन्द करो!" वह चीख पड़ा।

"बस, इत्ती जल्दी भड़क गए! लेकिन, मैं तुम्हारे साथ सहानुभूति रखती हूं। तुम्हारे विचारों का आदर करती हूं। क्या मैं जानती नहीं हूं कि अगर तुम बंगला देश लौट गए तो जेल में डाल दिए जाओगे? तुम जिस तरह सोचते हो, उसे वहां बर्दाश्त नहीं किया जाएगा।...इसीलिए, मैं तुम्हारे लिए यहां जगह बना रही हूं—ऊंची जगह।"

"मैं उस जगह पर थूकता हूं।"

लेखक के होंठों में झाग भर आए। उसने कार्पेट पर थूक दिया।

"ऊंचाई की ओर मुंह करके थूकोगे तो छींटे तुम्हारे ऊपर ही पड़ेंगे।"

जीनत उठकर उसके पास आ गई।

"मैं फिर कह रही हूं, समझदार बनो। मेरी बातें मानोगे, तो चैन से रहोगे।...तीन सूत्री कार्यक्रम बनाया है मैंने, तुम्हारे लिए। पहला —तुम मेरे अखबार के एडीटर बनोगे। दूसरा—तुम्हें हाउसिंग बोर्ड का एक मकान दिलवाया जाएगा। तीसरा—तुम्हारे अफसानों की किताब छपेगी और उसे कोर्स में लगवाने के लिए सोर्स जुटाया जाएगा।"

"मुझे कुछ नहीं चाहिए।"

"लेकिन, मुझे चाहिए।" जीनत ने प्यार से उसका गाल थपथपा दिया, "यह बुढ़ऊ नवाब साहब...कब तक चलेंगे? ज्यादा-से-ज्यादा, चार-पांच साल। मैंने देख लिया है, बगल में लेटते ही जुड़ी बुखार के मरीज की तरह दांत बजने लगते हैं। उनके। यह उनका आखिरी वक्त हैं, और तुम्हारे लिए बेहतरीन मौका। इस बीच, तुम सोसाइटी में अपनी हैसियत बना लो।...उसके बाद तो हमीं-हम रहेंगे। और, मैं तुम्हें निराश नहीं करूंगी।"

परदा हटाकर ड्राइवर अन्दर आया।

"साहब को छोड़कर तुरन्त लौट आओ।

लेखक बुझा-बुझा-सा चलने लगा, ड्राइवर के पीछे-पीछे।

जीनत ने उसे पकड़ लिया और फुसफुसाकर बोली, "आज का एक्सपीरियंस बड़ा एक्साइटिंग रहा न? इसे भूलना मत!"

दो दिन तक लेखक कहीं नहीं गया।

उसने अपने को कमरे में कैद किए रखा। बाहर निकलने की बात सोचते ही छाती फटने लगती थी। एक हाहाकार मचा हुआ था, भीतर।

उसे कई रोगों ने घेर लिया।

वे जाने-पहचाने रोग थे और उनके शरीर की तिमिराच्छन्न गुफा में सोते रहते थे। कोई चाबुक लगता था, तो जागकर प्रेतनृत्य करने लगते थे।

पड़े-पड़े उसे ज्वर ने जकड़ लिया।

कई घंटों तक उसका वेग, मरुस्थल के तपते हुए तूफान की तरह, लेखक के तन को झकझोरता-झिझोड़ता रहा।...दरख्तों

की डालियां टूट-टूटकर गिर रही थीं। झांड़ियां सनसना रही थीं। छाजन-छप्पर उखड़-पुखड़कर उड़े जा रहे थे। सर्वत्र एक कुहराम!

लेखक उस झंझ वात को 'देखता' रहा।

देखते-देखते उसकी दृष्टि पथरा गई।

दृश्य ठहर गए।

वह स्वयं भी बुत की तरह हो गया, "निश्चल। पाषाण नगरी का बाशिन्दा।

जीवन का कोई चिह्न नहीं था उस नगरी में।

मकान खाली पड़े थे। सड़कों पर सन्नाटा था।

हवा मूच्छित थी।

मृत्यु की भयावह गंध हर द्वार पर दस्तक दे रही थी, हर खिड़की की सिटकनी उतार रही थी, हर मुंडेर का दम घोंट रही थी।

किन्तु...तभी उसे एक आवाज सुनाई दी।

वह कहां थी? क्या थी? उसकी शक्ल 'जानने के लिए लेखक बिछौने पर बैठ गया और व्यग्रता से चौगिर्द घरने लगा।

सहसा उसकी आंखों की पुतलियों में प्रकाश कांपने लगा। रंग-गिरंगी रेशम की लच्छियां गुम होने लगीं।

उसके सामने, गनेशी था।

एक तसले में मिट्टी उठाए हुए। गीली और गूंथी हुई।

"कुम्हार के यहां से लाए हो?"

लेखक ने पूछा और गनेशी का चेहरा देखकर सहम गया।

उसपर नीले-नीले दाग पड़े हुए थे।

होंठों के पास। आंखों के नीचे। गले पर।

"ये फफोले...ये निशान कैसे हो गए?"

गनेशी चुप रहा।

लेखक का ध्यान उसकी सूजी हुई आंखों की ओर गया। और, उसी समय गनेशी के गालों पर आंसू बह निकले।...

वह रो रहा था, नि:शब्द।

गुनवन्ती बतला रही थी, वह रोता रहता है।

इसकी रुलाई को कैसे रोका जाए?

लेखक दुविधा में पड़ गया—और, उस खन्दक में भी...जहां वह स्वयं चुपचाप रोता रहता था।

"तुम्हें क्या तकलीफ है?"

गनेशी के होंठ खुले, "वह मुझे नोंचती-काटती रहती है।"

"कौन?"

"गुनवन्ती...सेठानी।"

लेखक को विश्वास नहीं आया, "नहीं, नहीं, वह ऐसा नहीं कर सकती।...गुनवन्ती बहुत भली है, बहुत नेक। वह तो सबसे अच्छा बर्ताव करती है।

गनेशी ने आंसू पोंछ लिए।

पल भर खड़ा रहा, फिर मुड़ा और चला गया।

सीढ़ियों पर उसकी पदचाप धुंधली होती गई।

लेखक अपने कमरे में दिलजमई करने लगा।...भूसे की स्त्री कोने में खड़ी थी। उसका चेहरा सपाट और समयरहित था। किन्तु उस एक चेहरे की आड़ में कई चेहरे थे। खंखार और और डरावन। लोलुप और लेपयुक्त। संकरे, गोल, चौड़े, लम्बूतरे। आपस में जुड़े-जुते हुए, किन्तु सम्बन्धहीन।

कतरनों से उन्हें कुछ बदलने की चेष्टा लेखक ने की थी।

वह खुद को झुठलाना चाहता था।

वह उन अनुभवों की पीड़ा से परे होने के लिए छटपटाता रहा था, जो उसकी जिन्दगी में क्षय के कीटाणुओं की भांति घुस गए थे।

लेकिन, कतरनों की रंगीनियों से परिवर्तन सम्भव नहीं था। लिबास की हेर-फेर से सच्चाइयों को नहीं ढंका जा सकता था।

इसलिए, उसने तय किया कि वह मिट्टी से कुछ गढ़ेगा। और, अपनी कहानी को इस तरह 'लिखेगा कि उसे वस्त्रों की जरूरत न रहे।

लेखक उठा। वह उस भूसे की स्त्री को मिटाने लगा। खरोंचकर। झीर-चीर कर। अंगुलियों में भूसे के तिनके भर गए।

"भूसा ही निकलेगा, भूसा!" वह बड़बड़ाया, "भूसे की औरत से और क्या मिलेगा?"

"राइटर साह्‌ब!"

लेखक की पीठ पर जैसे कोड़ा पड़ा, सड़ाकू से।

वह हथेलियों में भूसा उठाए-उठाए हकबकाकर मुड़ा।

"देखिए, मैंने आपका मकान ढूढ़ ही लिया।"

मुसकराने की कोशिश मे लेखक का चेहरा विकृत हो गया।

नीरा ने एक भारी-भरकम लिफाफा पलंग पर पटक दिया, "यह कॉपियों का बंडल आपके लिए अन्नपूर्णा देवी ने भेजा है।... आप स्कूल नहीं जा रहे हैं?"

लेखक ने कसकर होंठ भींच लिए कि कहीं वह अपनी बीमारी की बात न कह डाले, उससे।

"इसका मतलब है कि कहानी लिखी जा रही है।... अन्नपूर्णा देवी ने आपके प्रिंसिपल से भी यही बात बोल दी है। मालूम हुआ कि प्रिसिंपल...फ्रीडम फाइटर रह चुका है, ॲ बिग फुल! चलो, आपकी मौज है। राइटर्स की बहुत रेस्पेक्ट करता है वो।"

"चीनू का क्या हाल है?"

"भाव गिरे हुए हैं।...उस्मानिया की टीम ने मैच जीत लिया था, लेकिन मिस्टर चीनू चाहते थे कि वह हार जाए।" नीरा पलग की पाटी पर बैठ गई।

"नहीं, वह अपनी हार भला क्यों चाहेगा?"

"हार हो जाती तो वह जोम मारता फिरता कि देखो, मुझे शामिल नहीं किया गया, इसलिए टीम नुकसान में रही।"

लेखक हाथों को झाड़ने लगा।

फर्श पर बिखरा हुआ भूसा बटोरकर उसने कोने में खिसका दिया।

"यह घास-फूस से क्या कर रहे थे आप?"

"घास-फूस नहीं, कहानी का पहला ड्राफ्ट! पसन्द नहीं आया। फाड़ दिया।"

"आपको मकान-मालकिन भी एक करेक्टर हैं।"

"हरेक का कोई चरित्र तो होता ही है।"

"मुझे पता नहीं लग सका कि मेन गेट किस तरफ है, इसलिए मैं पिछवाड़े से घुस पड़ी। एक कमरे में पांव रखते ही जोरदार नजारा देखने को मिला। एक मुटल्ली औरत, एक दुबले-पतले छोकरे को नीचे दबाए पड़ी थी—"

नीरा हंसने लगी।

"क्या पीना चाहोगी? चाय या कॉफी?"

लेखक हीटर के पास पहुंच गया था और केतली का तार ठीक कर रहा था।

"आपको दिक्कत उठाने की जरूरत नहीं। आपकी मकान-मालकिन चाय-पकौड़े बनाकर ला रही है।" नीरा ने सीटी बजाई, "ताज्जुब हो रहा है न आपको यही तो कमाल है मेरा।...रंगे हाथों पकड़े जाने पर, पहले तो गुन्वन्तो घबरा गई,

फिर झेंपने लगी। छोकरा रोए चला जा रहा था।...मैंने जल्दी ही गुनवन्ती से दोस्ती कर ली। बोल दिया, ऐसा करने में कोई बुराई नहीं। संसार का स्यापा ऐसे ही कामों से टूटता है...वो खुश हो गई और मुझसे मार-तमाम बातें करने लगी।"

सूर्य को तिरछी किरणों का एक टुकड़ा दीवार पर चिपका हुआ था। उसपर दो मक्खियां बोल रही थीं।

—यह कैसा वक्त है कि हर चीज एक अशुभ दूरी में फिसल जाती है और हर घटना एक ठंडी दुर्घटना में!

"कोई क्यों जिन्दा रहता है...जानती हो?" लेखक अस्पष्टसा बोल रहा था। उसके चेहरे पर हवाइयां उड़ रही थीं। लोगों को समझने के प्रयास में वह नासमझी की गुंजलक तक जा पहुंचा था।

जो था, वह तितिर-बितिर होता जा रहा था।

जो नहीं था, उसमें से नुकीले तीर निकल आए थे। विषभरे।

"आखिर जीने का क्या उद्देश्य है?"

"यह कि जो कमजोर हो, उसे अपने नीचे दबोचकर मगन हो जाओ।नीरा बिना किसी संशय के बोली, "गुनवन्ती यही कर रही है।"

"तुम बहुत सुलझी हुई हो।"

"सुलझकर होगा भी क्या? यह अहिंसावादियों का देश है। यहां सब कुछ शान्तिपूर्ण ढंग से होता है। यौनक्रान्ति भी हो रही है। गुनबन्ती को देखिए! औरतें...हंस-हंसकर अपने पतियों से प्रतिशोध ले रही हैं। वे सुरक्षित भी हैं, और सुखी भी। विवाह का विरोध करना व्यर्थ है। उसमें जितनी छूट है, स्वतन्त्रता है, शान है, वही...भारत की निजी पौराणिक देन है। आइ मीन—"

"तो तुम चीनू से विवाह करने की तैयारी कर रही हो?"

"ईडियट है वो! उससे मुझे जो लेना था, वह ले लिया।"

"स्वार्थी हो!"

"नहीं, जो देना था, दे भी दिया। बराबरी का सौदा।"

"अन्ना ने तो उम्मीद लगा रखी है—"

"उस महिला की चर्चा छोड़िए। आपके लिए वह एक सॉफ्ट कॉर्नर है, फिर भी कहती हूं कि उसका गुणा-भाग मुझे पसन्द नहीं। वह शुद्ध-इमोशनल है। ऐसी औरतें हिसाब-किताब में माहिर, टुच्ची और टीयर्स-चीयर्स होती हैं।"

"जिस तरह की फास्ट लाइफ तुम जी रही हो..."

"अब मैंने अपनी स्पीड कर दी है। आप मल्लिनाथ रेड्डी को तो जानते होंगे?"

"वही, जिसे एक बैंक-डकैती में गिरफ्तार किया गया था।"

"हां, वह सरगना था, लेकिन छूट गया है। दूसरे लोग जेल में सड़ रहे हैं।"

"आबिद की तरफ मल्लिनाथ का बड़ा आतंक है। बड़ा जालिम गुंडा हैं वो।"

"कम-से-कम आपको तो लफ्जों के इस्तेमाल में सावधानी बरतनी चाहिए। वो गुंडा नहीं है, पालिटिशियन्स का पहरेदार है। एम० एल० ए० से लेकर एम० पी० और मिनिस्टर तक उससे बनाकर रखते हैं।"

"जरूर रखते होंगे।"

"मैं कल मिली थी उससे।...वह चाहता है कि मैं उसके गिरोह में भर्ती हो जाऊं। उसने कहा, बहादुर लड़कियों की बड़ी कमी है।"

"नमस्ते!" गुनवन्ती ने अकस्मात् धमाकेदार तरीके से प्रवेश किया।

नीरा के होंठों पर भेद-भरी मुसकान खिच गई।

लेखक सिकुड़-सा गया।

उसने देखा, गुनवन्ती के चेहरे पर तनिक भी झिझक नहीं थी। न प्रायश्चित्त की कोई लकीर।

"मन्नै शोच्या, भैनजी आई हैं। नाश्ता तो होना ही चाहिए।"

एक छन्नी में पकौडियां थीं। दो गिलासों में चाय।

नीरा ने एक गरम-गरम पकौड़ी मुंह में डाल ली, "राइटर साहब, मकान-मालकिन हो तो ऐसी।" फिर उसने गुनवन्ती की ओर देखा, "छोकरा अभी भी रो रहा है?

"और क्या? इस गनेशी का क्या इल्लाज करे, लेखकजी? शशुरा रोता ही रहता है।"

वह न संकोच में पड़ी, न उलझन में। उसकी थुलथुली देह अजीब ढंग से गदर-फदर होकर हिलती रही।

"राइटर साहब, आपकी किस्मत अच्छी है। कितने भले लोगों के साथ रह रहे हैं आप!" नीरा ने आंख दबाई।

"अभी चलती हूं मैं।" गुनवन्ती बाहर निकल गई, "शाम को बाब्बू मुझे पिकचर दिखाने ले जाएंगे।"

उसके जाने के बाद नीरा कुछ और हल्के-फुल्के वाक्य फेंकना। चाहती थी, किन्तु, लेखक को गंभीर देखकर कुछ न बोली।

"मेरे विचार से...तुम्हें भल्लिनाथ रेड्डी वगैरह की सोहबत में नहीं पड़ना चाहिए।"

"अपना भला-बुरा मैं खूब समझती हूं।"

"अभी तुम्हें एक लंबा रास्ता तय करना है—"

"भाड़ में झोंकिए ये बुजुर्गों वाली बातें! पुस्तकों से बाहर नैतिकता जैसी कोई चीज नहीं है, राइटर साहब! मैं जितना और जैसा जी चुकी हूं, वैसे जीवन के लिए लोगों को तीन-चार जन्म

लेने पड़ते हैं। आप भी अभी किनारे पर ही हाथ-पांव हिला रहे हैं। तैरती हुई नावें देख रहे हैं, लहरें गिन रहे हैं; पकड़ी हुई मछलियों का हांफना सुन रहे हैं—लेकिन, तल के भीतर क्या है।...यह तो तभी जानेंगे, जब छलांग लगाकर नदी में कूद पड़ेंगे और यह भूल जाएंगे कि अन्त क्या होगा?"

नीरा ने चाय का कप रख दिया।

"मैंने काफी लम्बा व्याख्यान दें दिया।

वह पांव झुलाती हुई गुनगुनाने लगी।

जैसे किसी नर्तकी का एक छोटा-सा घुघरू टूटकर, छिटककर दूर जा गिरे—एक हल्की खनक, उसकी लय... उसकी गूज!

"आप इस गीली मिट्टी का क्या करेंगे?"

"कहानी लिखूंगा। दूसरा ड्राफ्ट।

"मिट्टी से?"

"हां। एक मूर्ति गढूंगा—उन स्त्रियों की, जो मुझ में जमा हैं।"

"आप स्त्रियां जमा करते हैं?"

"नहीं, वे मेरे पास आती हैं और फिर जाती नहीं।"

"आप मुझे भी जमा कर लेंगे?"

"शायद, तुम भी शामिल हो जाओ उनमें।"

"मैं अलहदा रहना चाहती हूं।"

"सभी अलहदा-अलहदा आई हैं मेरे करीब...और फिर एक हो गई हैं।"

"क्या आप मेरो मूर्ति बनाएंगे? मैं मॉडलिंग करती रही हूं।"

"मुझे उस तरह के काम में रुचि नहीं।"

"लेकिन...अगर मैं आपके सामने बैठी रहूं और आप

अपनी स्त्रियों की मूर्ति गढ़ते चले जाएं तो...उसमें कुछ हर्ज नहीं!"

"नहीं।...तुम्हारी उपस्थिति से मुझे अच्छा ही लगेगा।" लेखक एकाएक उस नींद में पैठकर बोलने लगा, जो जब-तब उसे घेर लेती थी..."मैं सुबह से यही सोच रहा था कि अपने को व्यक्त करू—एक भिन्न धरातल पर। एक हताशा...इधर मूझे रौंदती रही है। उससे छुटकारा पाने के लिए भी जरूरी है। कि मैं कुछ रचूं।"

"आपने पुरुषों के बारे में लिखा है?"

"कई कहानियां हैं मेरी, उनपर—उनकी जन्मान्ध इच्छाओं पर।"

"मैं उन्हें पढ़ूंगी। हो सकता है, मुझे कुछ मिल जाए!"

"उनमें अन्धकार ही अन्धकार है। असल में...मैं बार-बार पलटकर अपनी ही ओर आता रहा हूं।"

"और इस स्त्रियों वाली कहानी में?"

"चाहता हूं कि इसमें मैं न रहूं, सिर्फ मेरी आंखें रहें।"

"जो स्त्रियों को देखें और उन्हें उधेड़कर रख दें?"

"नहीं, जो उनके सौंदर्य को सहेजें और उसे नष्ट होने से बचाने के लिए एक कारगर सांचे की, शब्द की, संगीत की तलाश करें।"

"थैंक्यू वेरी मच!" नीरा प्रशंसा और कृतज्ञता से भर उठी, "आइ वाज थिंकिंग...कि आप सिर्फ औरतों की शल्यक्रिया करेंगे—एक चीरफाड़! लेकिन, आप तो ऐसी खूबसूरती के लिए आत्मसंघर्ष कर रहे हैं, जो जिन्दा हो...जिसे मौत की परछाइयों ने डंसा नहीं हो। क्या मैं उस कसौटी पर उतर सकती हूं? हालांकि मैं अधिकांश...खो चुकी हूं।"

"तुम—"

नीरा ने किवाड़ उढ़का दिए।

स्विच पर अंगुली रख दी। बल्ब जल उठा। रोशनी की एक 'माया' कमरे में फैल गई।

फिर उसने बांहों के बीच लगी हुई 'जिप' खोल दी।

एक सरसराहट हुई और 'मैक्सी' फर्श पर गिर पड़ी।

अब एक स्त्री खड़ी थी, लेखक के सामने। निर्वसन। निडर। निःसंग।

शीशे की भांति चमकती हुई।

लेखक ने तसले में पड़ी हुई मिट्टी को मथना आरंभ किया। उसे एक आकार देने के लिए। उसकी कल्पना उर्वर हो उठी थी।

"क्या मैं जीवित हूं? प्लीज़, टेल मी।"

"शीशे के पीछे बहुत सारी खरोंचे हैं।" लेखक बुदबुदाया, "कुछ सूखे हुए जख्म है, कुछ ताजा। उन्हें नासूर बनने से रोकना होगा..."

फिर वह सब कुछ भूल गया और उस मिट्टी में रम गया।

नीरा ने फर्श पर पड़ी हुई मैक्सी को देखा, घृणा से। उसे कपड़े बिल्कुल नहीं सुहाते थे।

जब रात को होस्टल की सब लड़कियां सो जाती थीं, वह कभी-कभी सारा 'ढोंग' उतारकर गलियारे में टहलने लगती थी। वार्डन से उसकी शिकायत भी कर दी गई थी कि वह नग्न होकर...

"तुम कौन हो? कौन-सी स्त्री?"

लेखक उससे पूछ रहा था। तन्मय। जैसे एक स्वप्न में खोया हुआ।

नीरा की वाणी गुम हो गई। यकायक।

लेखक की दृष्टि उसके आरपार होकर लौट गई। नीरा

ने महसूस किया कि उसके तन पर सफेद-मैले चकत्ते उभर आए हैं, कोढ़ के। वे गरम मोम की तरह रेंगने लगे। उसे जलाते हुए।

और तभी, नीरा ने देखा—किंवाड़ों को कुछ खोलकर एक चेहरा उसे ताक रहा था, निर्निमेष।

वह गुनवन्ती थी। अवाक्, अधीर, रुग्ण...और उदास। उसी की तरह!

४

दुपहरी ढीली पड़ चुकी थी।

आकाश अनमना-अनमना लग रहा था। धूप के उचाट उस्तरों की भोंथरी धार पर टिका हुआ।

लेखक को अन्ना गली के मोड़ पर ही मिल गई।

वह रिक्शा-स्टैंड की ओर जा रही थी।

"मैं ये कापियां लेके आया था। जांच दी हैं।"

"अच्छा हुआ, तुमसे यहीं मुलाकात हो गई।" अन्ना ने बंडल ले लिया।

उसकी सूरत बिरानी हो रही थी।

वह सड़क की ओर देखने लगी।...वहां एक पतंग बेचनेवाला ठेला खड़ा था। बांस की डंडूरियों पर चरखियां टंगी हुई थीं।

"तुमने प्रिंसिपल से ट्रांसफर के लिए कहा है?"

"हां, मैं सोमाजी गुड़ा वाली ब्रांच में जाना चाहती हूं।"

इसके पूर्व कि लेखक कुछ और पूछे, उसने थके-थके स्वर में

कहा, "तुम...घर पर मत आना। चीनू तुमसे बेहद नाराज है। वह अंट-शंट बोलेगा, बेकार झगड़ा करेगा।"

"चीनू को मुझसे क्या शिकायत हो सकती है?"

अन्ना के चेहरे की रंगत चिथड़ा-चिथड़ा हो गई।

एक रिक्शा पास आकर रुका तो वह तेजी से उसमें जा बैठी।

"नीरा से लड़ाई हो गई है उसकी।"

"तो इससे मेरा क्या..."

"मैं वकील अंकल के यहां जा रही हूं। चीनू भी वहीं है।"

रिक्शा चल पड़ा।

लेखक कुछ देर के लिए अन्ना को रोकना चाहता था, किन्तु वह अनिच्छुक थी।

बातों का फीता कटकर गिर गया।

उसे अन्ना से ऐसी उपेक्षा की आशा नहीं थी।

उनका साथ इतना सतही नहीं था।

बहुत-से मार्मिक एकान्त थे—संसार से बहिष्कृत और अस्वीकृत, जिनमें वे साझीदार रहे थे।

लेखक इस रिश्ते को आध्यात्मिकता को स्नेह और सलीके की दृष्टि से देखता था।

क्या वे आज तक एक-दूसरे के खालीपन को ज्यों-त्यों भरते रहने की खोखली आकांक्षा से ही लिपटे रहे थे?

क्या दोनों के मध्य एक मूक समझौता था कि वे परस्पर अपनत्व को 'चोरी' करते रहेंगे?

लेखक को चोट लगी थी। हस्तक्षेप न करने की सौगन्ध उठाए रखने के बावजूद, अन्ना की दुनिया में, उसके लिए एक प्रवेश-द्वार था। वह उसे थपथपा सकता था।...लेकिन भ्रम टूट गया था।

पहली बार, उसे यह सोचकर पीड़ा हुई कि इस शहर में वह एक खानाबदोश है!

बस खचाखच भरी हुई थी।

लेखक पट्टा पकड़े हुए लटक रहा था और धक्के खा रहा था।

घसर-पसर करते हुए वह किसी तरह बीचोबीच पहुंच गया।

उसी फंसफंसी में किसीने उसके कन्धे को छुआ।

वह भीरचन्द था। उसका मकान-मालिक।

एक घर में रहते हुए भी उनका सम्बन्ध केवल देखादेखी। का था। भींरचन्द तड़के ही निकल जाता था। वैसे दिन में वह दो-एक बार पलटता था, किन्तु दबे पांव। घर में उसकी कोई आवाज, कोई हलचल नहीं होती थी। अलबत्ता, गुनवन्ती अवश्य 'बाब्बू-बाब्बू' का नारा लगाती रहती थी।

एक दफा लेखक ने हंसकर कहा था, "मैं तो आपकी बोली सुनने के लिए तरस जाता हूं।"

भीरचन्द मजाक तक नहीं पहुंच पाया। बोला, "मुझे डर लगता है कि कोई गलत बात मुंह से न निकल जाए।"

जुकाम होने पर वह छींक-खांसी को दबाता था। चप्पलों से परहेज रखता आ, सख्त एड़ी वाले जूतों से भी। बारहों महीने गीता प्रेस वाले कपड़े के बूट पहनता था। उसके यहां न रेडियो था, न खटपटिया सामान। तनिक-सा शोर भी घर में हो तो वह चिन्तित और चौकन्ना हो उठता था।

जब कभी लेखक ज्यादा पीकर आ जाता था तो भीरचन्द उसे सहारा देकर सीढ़ियां चढ़ाता था और उसके मुंह को हाथ से

दबाए रखता था, "बोलिए मत! पड़ोसी सुनेंगे तो ढिंढोरा पिट जाएगा।"

"किधर जा रहे हैं?" लेखक ने पूछ लिया।

"यहीं, बस...यहीं।" हर बात को छुपाए रखना उसका स्वभाव था। वह कुनमुनाया और खीसें निपोरने लगा।

"महबूब की मेंहदी?" तवायफों के मुहल्ले का नाम लेकर लेखक ने उसे छेड़ा।

भीरचन्द का चेहरा लाल हो गया। लगा, बेहोश होकर गिर पड़ेगा।

लेखक ने अनायास उसे पकड़ लिया।

"सुनार के यहां—"कुछ क्षण बाद वह खुला, "गुनवन्ती के लिए अंगूठी बनवाई है।"

"क्या कोई खास बात है या वैसे ही?"

"इसी पंचमी को हमारी शादी की बरसगांठ है।" भीरचन्द ने दबे-ढंके कहा। उसकी आंखों में ढेरों संकोच उघड आया।

"मुबारक हो!" लेखक ने उसका हाथ थपथपाया।

"यहां ज्यादा बातें मत कीजिए।" उसने कान के पास होंठ सटा दिए, "लोगों को पता चलेगा। क्या फायदा?"

लेखक खामोश हो गया।

इधर वह गुनवन्ती को लेकर हैरान था।

वह प्रायः आंगन में पीढ़ा डालकर बैठ जाती थी और उसके कमरे की तरफ देखती हुई खंखारती रहती थी।

शरीर पर केवल चड्डी और ब्रेसियर। और कोई कपड़ा नही।

हट्टीकट्टी तो थी ही।

पहलवान की तरह लगती थी।

लेखक उसकी इस 'बोल्डनेस' पर चकित था। हतप्रभ भी।

"सुल्तान बाजार!"

कंडक्टर चिल्लाया। लेखक आंखों ही आंखों में भीरचन्द से इजाजत लेकर उतर गया।

'दीवान बुक कॉर्नर' पर बंगला की किताबों के लिए एक रैक था।

लेखक उधर से गुजरता था तो वहां अवश्य. झांक लेता था। जब-तब छोटी साहित्यिक पत्रिकाएं भी मिल जाती थीं।

दुकान में इस समय कुल तीन ग्राहक थे। एक बूढा, एक अधेड़ औरत, एक नौ-दस साल का बच्चा। वे 'कॉमिक्स' छांट रहे थे। बच्चा मुंह फुलाए हुए था। उसकी पसन्द बूढ़े और औरत से टकरा रही थी।

नीलम्मा काउंटर पर बिखरी हुई किताबों को समेट रही थी।

वह लेखक की फरमाइशों को पूरा करने के लिए काफी दौड़धूप किया करती थी। वे एक-दूसरे को पहचानने लग गए थे।

लेखक उसे नाम से पुकारता था और प्रसन्न होता था।

नीलम्मा छड़ी की तरह पतली और हंसमुख लड़की थी। उसकी आंखें बराबर चमकती रहती थीं और उनमें दिपदिपाते हुए भावों को पकड़ना आसान नहीं था।

एक चक्कर लगाकर लेखक ने जान लिया कि खरीदने के लिए नया कुछ नहीं है।

वह बाहर आ गया। फुटपाथ पर फूलवालियों की कतारें लगने लगी थीं। वे पान चबा रही थीं और गजरे हिला रही थीं, इंडियों

की तरह।

एक सिगरेट पी जा सकती है, लेखक ने सोचा। कभी-कभी उसे तलब हो उठती थी।

"मुझसे बच नहीं सकोगे, बच्चे! अंतड़ियां उधेड़के रख दूंगा।"

त्यौरियां नचाता हुआ चीनू उसे धकियाकर आगे निकल गया। तेजी से।

लेखक उसके पीछे-पीछे चला।

"चीनू, तुम्हें क्या हो गया है?"

लेकिन चीनू भीड़ में गायब हो गया था।

लेखक का दिल धंसकने लगा।

यह वही चीनू था, जो उसकी नई पैंट-कमीजें पहन लेता था और अन्ना से इस बात पर झगड़ा कर बैठता था कि वह 'लेखक महोदय' का महत्त्व कम करके आंकती है, गप्पें लगाकर या 'रमी' खेल कर उनका समय बरबाद करती रहती है—उन्हें लिखना चाहिए। इसके लिए आवश्यक है कि उपयुक्त वातावरण उनको मिले।...

"मैं इतना बुरा आदमी नहीं हूं, जितना तुम मुझे समझते हो"

लेखक मुड़ा, यह वाक्य कहने वाले की तरफ।

बड़े तरबूज जैसे उस चेहरे पर मूंछे कसी हुई थी और उनके नीचे दो धारदार होंठ।

"मुझे मल्लिनाथ बोलते हैं।" होंठ हिले, छोटे चाकुओं की तरह।

लेखक जुए के अड्डे से निकल रहा था। उसकी जब में कुछ रकम आ गई थी। वह कहीं बैठकर पी सकता था। अपने भीतर

गलबहियां डालकर भ्रमण और रमण करते हुए विरोधाभासों का जश्न मना सकता था।

"तुम्हारा भाग्य बली रहा कि नीरा ने मुझे बतला दिया, नहीं तो 'मेरे आदमी तुम्हें मार डालते!"

"मैंने क्या बिगाड़ किया है—"

लेखक एक आतंककारी आश्चर्य में ऊभचूभ होने लगा।

"ज्यादातर हत्याएं उन्हीं की होती हैं, जो किसीका कुछ बिगाड़ नहीं सकते।...एक वकील है—मदनलाल, वो मुझे तुम्हारे लिए पैसे दे रहा था।"

"मदनलाल?"

लेखक की कनपटियां फड़कने लगीं। माथे पर मानो गरम तवा रख दिया गया।

"अचंभा हो रहा है?"

"हां। मदनलाल से मेरी कोई दुश्मनी नहीं, बल्कि हमारे सम्बन्ध...।"

"वो जिस औरत को घर में डालना चाहता है, तुम उसे बहका रहे हो। मास्टरनी है वह।"

"अन्ना—"लेखक की आवाज फंस गई, "क्या वह राजी हो गई है?"

"राजी-बेराजी का क्या सवाल है? उसका लौंडा मदनलाल से हुआ है।"

"हो सकता है, यह गलत हो। एक साजिश—"

"कन्फर्म कर लिया है मदनलाल ने। मेडिकल रिपोर्ट है। उसके पास।"

"अच्छा...लेकिन, कुछ भी हो, मैं बाधा नहीं डालूंगा। मुझे क्या हक है? यह उनका निजी मसला है।"

"चिन्मय से सावधान रहना।" कहकर भल्लिनाथ दूर जाने लगा।

सड़क पर एक जीप खड़ी थी। खुली। ऊपर कवर नहीं था।

पांवों के बीच बन्दूकें दबाए कुछ लोग पीछे की सीटों पर जमे हुए थे।

"नीरा हमारी गैंग में आ गई है।...चिन्मय कुछ गड़बड़ी करे तो उसे बतलाना। वैसे वो तुमपर नजर रखेगी, हिफाजत के लिए—"

मल्लिनाथ उछलकर जीप में चढ़ा। एक घरघराहट हुई और वह पूरा दल बहादुरपुरा की ओर चला गया।

अन्ना। नीरा। चिन्मय। मदनलाल।

चीनू का भोलापन। मदनलाल...कमीनी हरकतों का एक लिजलिजा पुलिन्दा। उस पुलिन्दे में बिलबिलाती हुई जोंके। निरीह रक्त को निचोड़कर चूस जाने के लिए आतुर।

अन्ना की उदासी।

उदासी में दीमक की तरह लगा हुआ असुरक्षा का भाव।

और नीरा...उसकी असंगत बातें। स्वयं को ही छील–छीलकर नेस्तनाबूद कर देने की विकलता। एक विभाजित अग्नि। एक पथभ्रष्ट व्यथा। एक हठीली सांस—

लेखक एक विरक्ति में खंड-खंड होने लगा।

उस विरक्ति के पृष्ठभाग में एक अवश आसक्ति का तार कांप रहा था।

नहीं, तार में कंपकंपाहट नहीं थी।

रियाज करते-करते वह टूट गया था और निस्पन्द पड़ा था।

अब उसे किसी वाद्य से नहीं जोड़ा जा सकता था।

—चीजों के विसजित होने का भी एक क्षण होता है और वह आता है। तुम उससे बचने के लिए कोई आधार थामते हो, कोई संरक्षण।...किन्तु रक्तः-रक्तः वह संरक्षण ही विसर्जन बन जाता है!

लेखक गाने लगा—

'देख तो दिल कि जां से उठता है...।'

सड़क पर चलते हुए लोग उसे देखने लगे। कुछ हैरत से, कुछ संजीदगी से, कुछ दिल-बहलाव के लिए।...

'ये धुआं-सा कहां से उठता है—'

स्वर ऊंचा होता गया। उसको अन्दाज फकीराना था।

रात बेतुकी थी। बेकार थी। संकीर्ण थी।

धौंस और अश्लीलता की दुर्गन्ध में औंधी पड़ी हुई।

लेखक एक शून्य में वनैले जन्तु की तरह टक्करें मार रहा था।

उसके अंगों में एक रहस्यवादी थकान तन गई थी, मांझे की भांति और उस मांझे पर कोई अन्धविश्वासों का पिसा हुआ कांच पोत रहा था।

वह 'कोई' एक क्रूर कालधारी था। वनमानुष की तरह।

लेखक के भीतर जो अविश्लेष्य और आवृत मांद थी, वह उसमें निवास करता था।

उसे न भूख लगती थी, न प्यास।

उसकी कोई अभिलाषा नहीं थी। चाह नहीं थी। जरूरत नहीं थी। जिज्ञासा नहीं थी। शंका नहीं थी। भावना नहीं थी।

मात्र 'क्रीड़ा' करने के लिए वह आखेट-स्थल पर प्रकट होता था और जो कुछ 'शिकार' मिल जाता था, उसे निर्जीव बनाकर

मांद में लौट जाता था।

लैम्पपोस्ट हिल रहा था।

नहीं, सिसक रहा था। लेखक को अपने नशे पर झल्लाहट हुई। वह उसके पास गया।

घिसी हुई खाकी वर्दी। सिर पर टोपी। बगल में थैला। और, साइकिल।

वह बूढ़ा था, लेकिन बच्चे की तरह सुबक रहा था।

हथेलियों को दाढ़ी पर रगड़ता था और नाक सिनकता था। एक घुटे हुए चीत्कार में हिचकी की लहर ऊपर आती थी।

"क्या बात है, बाबा?"

लेखक ने साइकिल के हैंडिल पर हाथ रख दिया।

बूढ़ा टोपी उतारकर आंखें पोंछने लगा।

"तुम्हें क्या दुःख है?"

"मैं नहीं जानता..." बूढ़े का कंठ भर्राया हुआ था, "मुझे तुमसे कुछ कहना चाहिए या नहीं। लेकिन, यह देखो'...''यह तार है। मैं इसे अभी सामने के मकान में देने गया था। मेरी हिम्मत नहीं पड़ी और मैं बिना दिए ही लौट आया—"

लेखक उसके हाथ में कांपते हुए लिफाफे को देख रहा था। वह भीग गया था।

"क्या कोई बुरी खबर है?"

"उसे मौत की सजा हो गई है—" बूढे के स्वर में फिर रुलाई उमड़ आई।

सब जगह मौत ही मौत है? लेखक का बदन झुरझुरा गया।

कुछ क्षण एक अज्ञात सूली पर टंगे-टंगे बीत गए।

"मुझे क्या करना चाहिए?" बूढ़ा पूछ रहा था।

लेखक उसके सन्ताप का कोई उत्तर नहीं दे पाया।

"वह बहुत अच्छी लड़की है। इधर उसके कई तार आए। हर बार मैं ही देने आया। वह मुझे आदर से बिठलाती थी, चायपानी के लिए पूछती थी। आज भी उसने वैसा ही स्वागत किया। किन्तु, मेरी रूह कांप रही थी। मैंने उसके शान्त, सुन्दर चेहरे को देखा और झूठ बोल गया। मैंने कहा, इधर से गुजर रहा था, तुम्हारे यहां रोशनी देखी तो यों ही दरवाजा खड़का दिया। सुनकर वह खुश हुई। बोली, नाश्ता करके जाओ। लेकिन... मुझसे वहां खड़ा नहीं रहा गया। वह रसोईघर में गई तो मैं चुपचाप निकल आया।..."

लेखक सोचने लगा। उसे एक जिम्मेदारी महसूस हुई।

"तार कहा से आया है?"

"दिल्ली से। सुप्रीम कोर्ट ने उसके पति को...फांसी दे दी है।"

"कौन-सा मकान है?।

"वो...यहां से सौ गज के फासले पर। खपरैल की छतवाला।"

"चलो, मेरे साथ चलो।"

"नहीं, मैं नहीं जाऊंगा।"

"यह गलत है। तुम्हें ऐसा नहीं करना चाहिए।" बूढ़े को अनिश्चय में देखकर लेखक ने उसकी साइकिल आगे बढ़ाई, तार मैं दे दूंगा।"

पैर घिसटता हुआ बूढ़ा उसके साथ चलने लगा।

एक किवाड़ का द्वार था। सांकल खुली थी। दरार से अन्दर का प्रकाश झांक रहा था। लेखक ने थपक देना उचित समझा। बूढ़ा उसके पीछे छुपा हुआ-सा खड़ा था।

स्लीपर बजे।

किवाड़ अन्दर की ओर खींच लिया गया।

लेखक सन्न रह गया।

सामने नीलम्मा खड़ी थी। काली की प्रतिमा की तरह। शान्तिपूर्ण ओज की छटा बिखेरती हुई।

"अरे, आप!..." उसके स्वर में विस्मय था। कुछ अनिश्चित और भ्रमित-सा।

लेखक को पता था, यदि वह कुछ बोला नहीं तो ढहकर गिर पड़ेगा।

उसने जी को कड़ा किया।

"नीलम्मा, यह तुम्हारा तार है। बाबा का साहस नहीं हुआ... तुम्हारे लिए एक बुरा समाचार है।"

नीलम्मा ने तार ले लिया।

बाबा के आंसू उसने देख लिए थे। तारघर की लिस्ट पर दस्तखत करती हुई बोली, "बाबा, इतने कमजोर न बनो!"

लेखक उसके स्वर को दृढता से दहल उठा।

जब नीलम्मा तार पढ़ रही थी, बाबा तेजी से मुड़ा और चला गया।

एक निस्तब्धता चीजों को अचेत करने लगी।

वह वहां अकेला रह गया था, उस अकेली यंत्रणा को देखने के लिए।

कुछ क्षण बाद लेखक को लगा, भाषा और अभिव्यक्ति से दूर जा पड़े दुःख के निकट होना सरल नहीं है।

उसकी आंखों पर मोम का पर्दा उतरने लगा।

अब देखना संभव नहीं था।

अलबत्ता वह सुन रहा था, आज की धीमी-धीमी सांसें।...जब अलाव में लपटें गहराने लगती हैं तो उनकी एक आवाज होती है, सर्वथा निजी और उनके जीवन से फटकर बाहर आती हुई!

चश्मे का दुकानदार उसे देखते ही बिगड़ उठा।

"वैसे तो कस्टमर को खुश रखना हमारा फर्ज है, लेकिन आपका हमारे पास कोई इलाज नहीं।"

लेखक इस सत्कार से सकपकाकर रह गया है।

वह चौथी बार उस दुकान पर गया था। चश्मा बदलवाने के लिए।

उसे पिछले कुछ दिनों से अनुभव हो रहा था कि उसकी आंखें कमजोर पड़ती जा रही हैं। ज्योति निरन्तर गड़बड़ा रही है। चीजें ठीक-ठीक नहीं सूझ रही हैं। स्कूल में लड़के-लड़कियों के चेहरे अदल-बदल होने लगते थे। हरा रंग तुरन्त नीला हो जाता था और नीला, एकदम लाल। हरा-नीला-लाल, हरा-नीला-लाल, उसकी पुतलियों पर ये तीन रंग लगातार फिसलते रहते थे।

लेखक को शक हुआ कि आंखों की रोशनी कम हो गई है।

जांच करवाई।

संदेह सच निकला।

उसे चश्मे की जरूरत थी।

उसने ले लिया।

किन्तु समस्या हल नहीं हुई। बल्कि, बढ़ गई।

दृष्टि में कुछ ऐसा अंतर पैदा हुआ कि वह दिखलाई देने–वाली दुनिया के साथ कोई तालमेल नहीं बिठा सका।

रंगों का कोई अस्तित्व नहीं रह गया था।

चीजें देखते-देखते गायब होने लगती थीं।

चश्मा जिधर मुड़ता था, विचित्र किस्म की आकृतियां बनने और बिगड़ने लगती थीं।

उन आकृतियों का एक नगर था। हरदम व्यस्त और चंचल।

उस नगर में अपने महल-परकोटे थे।

सब कुछ अंधकार से निर्मित।

घबराकर लेखक चश्मा उतार देता था।

आंखें धुंध से भर जाती थीं। किन्तु, घबराहट कम नहीं होती थी।

वह चश्मा बदलवाने के लिए गया। शायद कांच अच्छी किस्म के न हों!

तीन दफा ऐसा हो चुका था।

अब दुकानदार एकदम बिफर गया था।

"तो मैं क्या करूं?" लेखक करीब-करीब गिड़गिड़ाने लगा।

"तुम मेरे साथ चलो।" उसे बाजू से सुनाई पड़ा, "तुम्हारी आंखों का इलाज इनके पास नहीं है।"

वह नवाब था।

दुकानदार सलाम बजाते-बजाते दुहरा हुआ जा रहा था।

लेखक त्रस्त हो उठा।

इधर-उधर भागकर दुकानदार नौकरों को आदेश देने लगा, "नवाब साहब के लिए कुर्सी लाओ। क्या लेंगे हुजूर, ठंडा या गरम?"

"कुछ नहीं लेंगे। हम तो इनको घुसते देखकर चले आए। ये हमारे दोस्त हैं। अदीब हैं।"

नवाब ने लेखक का हाथ पकड़ा और दुकान के बाहर जाने लगा।

वह एक मुर्दा हाथ था। झूलता हुआ चमड़ा मात्र।

लेखक उससे मुक्त हो सकता था। एक पल में झटक सकता था। किन्तु उसकी शक्ति जवाब दे चुकी थी।

चश्मा नाक पर था।

उसे नवाब दैत्याकार नजर आ रहा था।

उसका सिर आसमान तक पहुंच गया था और हाथ इमारतों पर पंजे फैलाकर पसरे थे।

लेखक उसके टखनों के पास था।

कार में बैठने से पहले ही लेखक ने चश्मा उतारकर जेब में रख लिया। हैदराबाद में जाड़ा बहुत अस्पष्ट ढंग से आता है, न के बराबर। किन्तु उसके सामने कोहरा पसरा हुआ था। आंखें दगा दे रही थीं।

'गुलमोहर' बार में नवाब का एक बढ़िया सजा-धजा कमरा था। आराम फरमाने के लिए।

लेखक वहां बैठा था और मुफ्त की पी रहा था।

"आज तुम बार में नहीं हो। मेरे मेहमान हो। मैं तुम्हें जी भरकर पिलाऊंगा।...मैंने उस रोज तुम्हारे साथ बहुत बुरा सलूक किया था।'

नवाब बड़ा दयालु हो रहा था।

उसकी आवाज पिघल-पिघलकर बह रही थी।

कोने की मेज पर एक वेटर कई बोतलों में घालमेल कर उनके लिए कॉकटेल तैयार कर रहा था।

"मैंने तुम्हारी औरत छीन ली।...अगर कोई मेरे साथ इस तरह से पेश आए तो मैं उसे गोली मार दूं। लेकिन, तुम मुझे माफ करना। मैं दूसरे की तश्तरी में रखी हुई चीज ही खाता हूं। वही मुझे भाती है और मेरे हाजमे को दुरुस्त रखती है। फिर...तुमने तो मुझे सत पकवानी दी है। वह मेरे लिए मिठाई भी है। और दवाई भी। तुम्हें नहीं मालूम, जीनत कितनी टेलेण्टेड है!"

दीवान पर तकिए के सहारे नवाब ढरका हुआ था। यदि वह बोलता और पीता नहीं, तो एक मरे हुए खच्चर का भ्रम देता था।

"जीनत के दिल में अभी भी तुम्हारे लिए जगह है। वह किसीका बुरा नहीं सोचती। उसने मुझे बतलाया है कि तुम हुनरमन्द हो, कलम के धनी हो—हालांकि बहुत-सी खराबियों ने तुम्हें छलनी बना डाला है।" नवाब रुका, "क्या रऊफ अंसारी से तुम्हारी खूब पटती है?"

"रऊफ अंसारी कौन है स्साला?" लेखक को ताव आ गया। वह काफी देर से नवाब की लपर-लपर सुनते-सुनते तंग आ चुका था और अपने न बोलने से भी।

"इसका मतलब है, तुम्हारा उससे झगड़ा हो गया है—"

"मैं उस हरामी को नहीं जानता—" शराब जोर मार रही थी और उसकी मित्र बनती जा रही थी।

"उससे दूर रहने में ही भलाई है।"

"मैं सबसे दूर हूं, मैं...वहां पहुंच चुका हूं, जहां पर कोई कभी भी—।"

"जीनत कह रही थी कि रऊफ तुम्हें लालच देकर अपनी पार्टी में मिलाना चाहता है और तुमसे...एक अखबार निकलवाने की सोच रहा है।"

"पार्टी...अखबार...रऊफ अंसारी..." लेखक हंस दिया और पैग खाली कर हवा में पंजा लहराने लगा।

"असल में, मैंने खुद अभी एक प्रेस खरीदा है। गंडीपेठ के पास..."

लेखक ने अंगड़ाई ली। वह एक स्याह सुरंग में चल रहा था।

"एक ग़ज़ल सुनोगे, नवाब?"

"हां, हां, सुनाओ। तुम तो गाते हो न?"

नवाब उकस कर तैयार हो गया।

"दिले-नादां तुझे हुआ क्या है...."

लेखक का कंठ सुरीला था, सधा हुआ। किन्तु उसमें आज एक दाह, एक तल्खी थी।

"हुआ क्या है...वाह, वाह!" नवाब ने दाद दी।

"आखिर इस दर्द की दवा क्या है..."।

"वाह, गालिब की सबसे प्यारी चीज़ है..." नवाब ने सिर हिलाया।

"गालिब की नहीं, मेरी। तुम्हारी। जीनत की। उन सबकी, जो रोज अपने थूक को बिलो कर और घोटकर शहद की तरह चाटते हैं। और...तुम इसे प्यारी चीज़ कहते हो? लानत है!" लेखक भभक पड़ा, "कलेजे में उतरी हुई कटार है यह!"

"लो, मेरी प्यारी चीज़ आ गई!"

नवाब मसनद पर फुदकने लगा।

"ओह हो, यहां तो अदब पर गुफ्तगू हो रही है!" जीनत बांहें फैलाकर नाचती हुई-सी कमरे में घूम गई।

"यों ही जरा शेरो-शायरी..." नवाब मस्ताथा-सा बोला।

"मैं डाक्टर शेषाचारी को लेकर आई हूं। आज से आपके लिए ताकत के इंजेक्शन शुरू!"

शेषाचारी बादामी सूट में बंधा-बंधा खड़ा था। इस बात पर वह थोड़ा-सा झुका और मुसकराया।

"हां, शेषाचारी! ये तो आजकल खूब शोहरत हासिल कर रहे हैं।" नवाब प्रसन्न होकर बोला, "बैठिए, बैठिए!"

"अपने बैग में जवानी लिए घूमते हैं। जो चाहे, ले ले!"

"नहीं, हर किसीके लिए नहीं, बेगम! कुछ खास मेहरबानों और कद्रदानों की खातिर—"

डॉक्टर अजीब चीं-चीं आवाज में नखरे के साथ बोला, फिर बैग खोलने लगा। वेटर को इशारे से बुलाकर उसने कुछ

हिदायतें दीं।

"एक महीने में नवाब साहब घुड़सवारी करने लगेंगे और तब हम काकिनाडा जाएंगे।" जीनत जोश में थी, "वहां हमारा फार्म हैं।'

"हो सकता है, घुड़सवारी आप करें और नवाब साहब घोड़े के साथ-साथ दौड़े!"

डॉक्टर के इस मजाक पर नवाब ने ऊंचा कहकहा लगाया।

"मुझे मालूम है आपकी दवा जादू का सा असर करती है।" जीनत बोली, "लेकिन...अब आप सुई लगाएंगे—मुझसे तो देखा नहीं जाएगा।"

भयाक्रान्त मुद्रा बनाकर वह लेखक के पास चली गई।

"डॉक्टर खूबसूरत है। पहले तो तुमको खुद...इससे सूआ लगवाया होगा।" लेखक बोला। जीनत ने उसका मुंह दबा दिया।

शेरवानी और कमीज की आस्तीनें ऊपर चढ़ाकर नवाब इन्तजार कर रहा था।

डॉक्टर ने नस पकड़कर इंजेक्शन लगाया तो उसका जबड़ा खुल गया और सोना-मढ़ी दाढ़ें झांकने लगीं।

"ज्यादा दर्द हुआ क्या?" बाद में जीनत ने पूछा। सतही सहानुभूति के प्रचुर प्रदर्शन के साथ।

"बस, जैसे चींटी ने काटा हो।"

नवाब ने रुई के फाहे को थामे हुए कहा। फिर आस्तीने गिरा दीं।

"ऐसा?" जीनत ने नवाब की गर्दन पर चुटकी काटी, महीन-सी।

वह खिखियाकर हंस पड़ा।

"डॉक्टर शेषाचारी अफ्रीका के देशों में रह चुके हैं। वहां

दौलत बटोरते-बटोरते थक गए तो हिन्दुस्तान लौट आए। अब यहां कुछ गिने-चुने खानदान हैं, जिनकी सार-संभाल करते हैं।" नवाब ने लेखक को बतलाया।

बैग बन्द कर डॉक्टर उतावला-सा हो उठा।

"अब मुझे चलना चाहिए।" वह इतना बना-संवरा था कि लग रहा था, जैसे किसी डांस-पार्टी में जा रहा हो।

"मैं इन्हें गाड़ी तक छोड़कर आती हूं।" जीनत डॉक्टर के साथ-साथ चल पड़ी।

"इसकी क्या जरूरत है?

"अरे, जनाब! आप मेरे दूल्हा के लिए इतना-कुछ कर रहे हैं..."

वे दोनों दरवाजे से बाहर हो गए। नवाब इतमीनान से बैठ गया और सराहना के स्वर में बोला, "अफीकन कंट्रीज के अमीर-उमरात, मिनिस्टर्स...गुलाम हो गए थे इस डॉक्टर के। गुणी आदमी है। कुछ ऐसे नुस्खे जानता है, जो काया-पलट कर देते हैं।

लेखक ने चश्मा लगा लिया।

"नवाब, अगर तुम्हें जवानी इतनी ही पसन्द है तो मेरी ले लो!"

जीनत लौट आई।

"लो, सुनो हमें तो अपनी जवानी देने की पेशकश हो रही है।" नवाब की खुशी में से छर्रे उड़ने लगे।

"यह तुमने...चश्मा लगाना कब से शुरू कर दिया?" जीनत ने लेखक को झिड़कते हुए देखा।

"मेरी आंखें...खराब हो गई हैं।"

"बिल्कुल गलत।" जीनत ने अविश्वास के साथ कहा, "कितने नंबर का है?"

"पता नहीं। शायद, जीरो।"

"तुम्हारे माथे का कोई पुर्जा ढीला हो गया है।"

जीनत लेखक के पास जा खड़ी हुई।

उसे लगा, उन तमाम स्त्रियों ने उसको घेर लिया है, जिनके संग उसका एक अव्याख्यायित सम्बन्ध है। वह परेशान हो उठा है। वे सब उसे नजर आ रही थीं। साबुत चेहरों के साथ।

जीनत ने उसका चश्मा उतारा और वेटर से कहा, "इसे रद्दी की टोकरी में फेंक दो।"

"कहीं कोई ऐसी टोकरी नहीं है, जहां मुझे फेंका जा सके?" लेखक ने उन स्त्रियों से पूछा। वे मुसकराती हुई अदृश्य होने लगीं।

"है क्यों नहीं?' जवाब जीनत ने दिया, "जब मेरी मर्जी होगी, तुम्हें उसमें डालकर भूल जाऊंगी—हमेशा के लिए। रफा-दफा करने का मेरा यही ढंग है।"

"लड़ते रहो, लड़ते रहो!" नवाब पीते-पीते होंठ चटखारकर बोला, "तुम दोनों पुरानी मुहब्बत के मारे हुए हो। मुझे लुत्फ आ रहा है।"

"अखबार का टाइटल मिल गया है।" जीनत ने सहसा ऐलान किया।

"अच्छा? तुम्हारे काम चट-पट-झट-पट हो जाते हैं।" नवाब उछल पड़ा।

"चट-पट-झट-फट!" जीनत हंसी, "यानी, नवाब एक्सप्रेस।"

"क्या? यही टाइटल हैं?"

"इलेक्शन के वक्त में इससे बेहतर कोई टाइटल नहीं हो। सकता—खास तौर से, आपके रिसाले के लिए।"

"हां, वाकई! बहुत बढ़िया है।' नवाव की समझ में आया तो

वह गर्दन उचकाने लगा। शुतुरमुर्ग की तरह।

"कहिए, एडीटर साहब आपका क्या। खयाल है?"

जीनत अब आराम से खुद भी पीने के लिए बैठ गई थी, नवाब की बगल में।

लेखक ने आंखें बन्द कर ली।...क्या यह सदा इसी दरह एक दुष्चक्र में फंसा हुआ बार-बार प्राण देता रहेगा?

"तुम्हारे एडीटर को तोड़ लिया गया है।" नवाब ने कचोटा, "रऊफ अंसारी ने चारा डाल दिया है।"

"चारा, हां...चारा!" लेखक ने पलकें उघाड़कर देखा, "मैं चारा खाता हूं।"

जीनत ने नवाब से छुपाकर लेखक की ओर आंख मारी, "रऊफ अंसारी तुम्हें नहीं खरीद सकता। अगर तुम उसके साथ हो गए तो मैं तुम्हारी बोटी-बोटी काटकर कुत्तों को खिला दूंगी।"

"कुत्तों को हां, कुत्तों को!" लेखक के होंठ हिले।

"तुम्हारी सबसे ऊंची कीमत सिर्फ नवाब साहब ही दे सकते हैं।...और मैं तुम्हारे प्रिंसिपल से भी बात कर लूंगी। वह तो खुश होगा कि तुम्हें ऐसा पद मिल रहा है...बिना नोटिस के ही रिलीव कर देगा।"

"रऊफ अंसारी दावतें दे रहा है और लोगों को मेरे खिलाफ कर रहा है। जीनत, तुम उसकी एक न चलने देना।" नवाब लड़खड़ाते स्वर में बोला।

"मैं पेशाब करना चाहता हूं।" लेखक एकाएक खड़ा हो। गया और पतलून तर करने लगा, "सबपर, इस मुलाकात पर..."

५

वह लेखक का कब्रिस्तान था।

उसे वहां बैठना अच्छा लगता था। और, किसी कब्र पर साष्टांग लेटना भी।

सौ से ऊपर कब्रें थीं। कच्ची, पक्की, ढंकी-अनढकी, घासबेघास वाली।

उसने एक दिन गिनकर अनुमान लगाया था।

उनमें बढ़ोतरी होती रहती थी।

वह देखता था, लोग मुर्दों को लेकर आते थे और तैयार शुदा गड्ढों में बूकर चले जाते थे।

उनके जाने के बाद लेखक भी मुट्ठी, दो मुट्ठी भरकर डाल देता था।

उस गीली मिट्टी में कई बार हड्डियों के टुकड़े होते थे और फेफड़ों में छिद्रान्वेषण करने वाले भभके।

लोबान-जलाकर दुआ मांगने वाले खामोशी के साथ प्रवेश करते थे और फिर अन्तर्धान हो जाते थे।

कब्रगाह एक शरण-स्थल था।

शान्ति की चाह वालों के लिए। प्रेमियों के लिए। चोरों के लिए। और, उन लोगों के लिए, जो किसी वजह से सांसारिक कोप का सामना नहीं करना चाहते थे।

एक छतरीनुमा खंडहर था किसी, जमाने में वह अच्छाखासा मकबरा रहा होगा, पर अब बिखर गया था और अपनी दशा पर लज्जित था।

उस रोज लेखक ने कब्रिस्तान में गनेशी को देखा।

उसने पुकारा।

वह तेज-तेज कदमों से खंडहर की ओर जा रहा था। कब्रों के

बीच से रास्ता बनाता हुआ।

"गनेशी!" लेखक ने दुबारा आवाज दी।

गनेशी रुका। मुड़ा। धूप की वजह से माथे पर हथेली का छज्जा बनाकर आसपास देखा।

लेखक पर निगाह पड़ते ही उसके पांव जम गए।

"यहां आओ!"

"नहीं आऊंगा।"

लेखक को गनेशी से ऐसे उत्तर की आशा नहीं थी। वह बहुत आज्ञाकारी और भीरु था।

"तुम वहां क्या कर रहे हो?"

लेखक स्वयं उठकर उधर जाने लगा।

तभी गनेशी की टांगें आगे-पीछे हिलीं। वह कदाचित् भाग जाने की बात सोच रहा था।

"डरो मत। मैं तो हमेशा तुम्हारा भला चाहता रहा हूं।"

लेखक ने उसे भरोसा दिलाया।

गनेशी एक कब्र से पीठ टिकाकर खड़ा हो गया। उसका चेहरा जर्द हो रहा था। आंखें, बुरी तरह संशयशील।

नजदीक जाकर लेखक ने देखा, भारी अचंभे से, कि उसने हाथों में दो पत्थर उठा रखे थे।

वह लेखक को कठोर दृष्टि से ताक रहा था।

उसे अपने कमजोर होने का ज्ञान था, पर भय नहीं। वह आत्मरक्षा के लिए ही नहीं, आक्रमण के वास्ते भी तैयार था।

लेखक मुग्ध हो गया। इस तैयारी पर।

उसे गनेणी अच्छा लगने लगा, सहसा।...इतना अच्छा, कि वह बयान नहीं कर सकता था।

उसने गनेशी में अपने को महसूस किया।

वह चढ़ती हुई उम्र का एक लड़का था, गनेशी!

वह हाथों में पत्थर उठाए हुए हमले के लिए तत्पर था। निष्कम्प। अटल।

—गनेशी में अपने को देखकर मैं उस निकम्मे कमीनेपन को ढंकने की कोशिश कर रहा हूं, जो मेरा बसेरा बन चुका है।...नहीं, मैं गनेशी की तरह साहसी नहीं हूं। मेरा आत्मबल मुझे त्याग चुका है। मैं एक परित्यक्त सियार हूं। खाया-पियाअघाया हुआ लोलुप और कायर गीदड़!

"तुम यहां क्यों आए हो?"

"मैं नहीं बतलाऊंगा।" गनेशी दृढ़ था।

"मैं तुम्हारा कुछ बिगाड़ूंगा नहीं।"

"तो यहां से चले जाइए।'

"तुम्हें मुझपर विश्वास नहीं?"

"नहीं।"

"कुछ दिनों से मैंने तुम्हें घर में नहीं देखा।'

"मैं अब उनका नौकर नहीं हूं। मैंने वो काम छोड़ दिया है।"

"तो क्या करते हो?"

"नहीं बतलाऊंगा।"

"फिर तो यह भी नहीं बतलाओगे कि रहते कहां हो?"

"नहीं।"

"तुम मुझे भीरचन्द और गुनवन्ती की तरह मत समझो।"

"तो क्या समझूं?'

"मुझे तुमसे हमदर्दी रही है।"

"क्या फायदा—" गनेशी की भंवे सिकुड़ गई, "गुनवन्ती ने मेरा घर से बाहर निकलना बन्द कर दिया था। वह मुझे मार डालती।... जब उसे बाजार जाना होता तो भीरचन्द आ जाता था। वह भी मेरे

साथ...कुकरम करता था। दोनों एक जैसे, कुत्ते-कुतिया!"

लेखक पसीने से सराबोर हो गया।

ठंडा पसीना और कब्रों की गन्ध मृत्यु के माहौल का सन्नाटा।

"किसीने नहीं बचाया मुझे।...एक दिन, जब गुनवन्ती नहा रही थी, मैं दीवार फांदकर भाग निकला। वह दरवाजे पर ताला लगाकर निश्चिन्त थी—"

गनेशी बोलते-बोलते रुक गया।

उसने पलके मिचमिचाई। पत्थर नीचे गिरा दिए। फिर फुसफुसाया, "दीदी!"

"आप गनेशी को जानते हैं?"

वह नीलम्मा थी। लेखक से कुछ दूरी पर खड़ी हुई। वही लाल पट्टी की सफेद साड़ी। वही कसकर बांधी हुई चोटी। वही निर्द्वन्द्व मुख।

लेखक के लिए यह दूसरा आश्चर्य था, किन्तु उसने कहा, "यह मेरे मकान-मालिक के यहां नौकरी पर था।"

"अब मेरे साथ रहता है। बहुत होशियार और समझदार है।"

"आप यहां क्या..."

प्रश्न को झटके से तोड़ते हुए नीलम्मा ने कहा, "आइए, आपको सब कुछ बतला देती हूं। हो सकता है, आप मेरी मदद करना पसन्द करें।"

गनेशी का तना हुआ चेहरा सहज होने लगा, स्वाभाविक।

नीलम्मा आगे-आगे चलती हुई लेखक को खंडहर की छतरी तले ले आई। आरपार दरवाजे थे और दोनों ओर दीवारें। ईंटों के उखड़े-पुखड़े फर्श पर छपे हुए कागजों के दो बंडल रखे थे।

आलथी-पालथी मारकर नीलम्मा फर्श पर बैठ गई। लेखक भी। गनेशी भी।

"आप तेलुगु जानते हैं?" नीलम्मा ने एक परचा उठा लिया।

"समझ लेता हूं, लेकिन पढ़ने में दिक्कत होती है।"

"मैं पढ़कर सुना देती हूं।" वह परचे पर आंखें गड़ाएगड़ाए बोली, "वेंकटय्या को जो मृत्युदंड हुआ है, यह उसीके बारे में है—"

"वेंकटय्या...आपके पति—"

"नहीं, हमने विवाह नहीं किया था। साथ रहते थे।" नीलम्मा ने निर्विकार भाव से कहा, "आप 'गुलमोहर' बार वाले नवाब को तो जानते होंगे? उसकी जमींदारी है, विजयवाड़ा के पास के कुछ गांवों में। वेंकटय्या का गांव भी उन्हीं में से एक है। नवाब के लोगों ने जब उनके खेतों की खड़ी फसल काटनी चाही तो सबने विरोध किया। दंगा हुआ। मार-पीट और आगजनी। पुलिस को खबर दी गई, किन्तु कोई नहीं आया। तब नवाब के कुछ पालतू गुंडे हथियारों से लैस होकर गांव में पहुंचे। उन्होंने झोंपड़ियों को फूंक दिया। नौ जनों को पेड़ों से बांधकर जिन्दा जला दिया। वेंकटय्या उस दिन वहां नहीं था। लेकिन बाद में, उसने नौजवानों का एक रक्षा-दल बनाया। नवाब को पता लगा, उसने अपने ममेरे भाई के साथ कुछ बदमाश भेजे, गांव में। रक्षा-दल से निपटने के लिए। ममेरे भाई की हत्या हो गई। मुठभेड़ में।... वेंकटय्या पर सबकी आंख थी। वह फरार हो गया। हैदराबाद चला आया। नाम बदलकर एक फैक्टरी में काम करने लगा। वहां भी उसने यूनियन बनाई। एक बार हड़ताल हुई तो गिरफ्तार कर लिया गया। फिर जांच शुरू हुई, कई तरह से। सरासर झूठी और ढोंग से भरी हुई जांच! वेंकटय्या को नक्सली माना गया। उसपर छः जनों के खून का इल्जाम लगाकर मुकदमा चला। सब जगह सजा होती गई। अदालतों के सामने एक बड़ी चालाकी

और सफाई से गढ़ी हुई कहानी थी। कानून उस कहानी के नायक को फांसी ही दे सकता था।..."

लेखक नीलम्मा के तमतमाए हुए चेहरे पर से निगाहें न हटा सका।

किताबों की दुकान पर काम करने वाली वह साधारण युवती यातना और संघर्ष की कितनी बड़ी दुनिया से जुड़ी हुई थी!

यह जुड़ाव वास्तविक था। ठोस था। सांस लेने की सार्थकता को समेटे हुए था।

नीलम्मा ने परचा पढ़कर सुनाया।

उसमें मृत्युदंड के निर्णय का विरोध था और वेंकटय्या से सम्बन्धित सच्चाई को तथ्यों के साथ प्रस्तुत किया गया था। अन्त में अंकित था—अगले परचे की प्रतीक्षा करें!

"कुछ मजदूर-यूनियनों के साथी कागज और छपाई का खर्चा उठा रहे हैं। समय-समय पर ऐसे परचे हम निकालते रहे। हैं, आगे भी निकालेंगे।...इसका अनुवाद यदि अंग्रेजी में हो जाए तो हम इसे दिल्ली और कुछ दूसरे शहरों में भेजना चाहते हैं। वे तेलगु नहीं समझेंगे। क्या आप—"

नीलम्मा का संकोच हवा में अटक-सा गया।

वह परचे के अक्षरों को देखने लगी। कितने मामूली जनों का ताप और आवेग और सत्य उन अक्षरों की व्यंजना में उग आया था।

"मैं इसका अनुवाद कर दूंगा, आज रात में ही। और, कल आपको दे दूंगा। इसे आपने लिखा है?"

नीलम्मा ने धीमे से हामी भरी।

"गनेशी ने मुझे बहुत सहारा दिया है। यह तड़के उठकर साइकिल पर निकल जाता है और घरों में परचे डाल आता है।"

नीलम्मा की स्नेह भरी दृष्टि को मना करने में अक्षम गनेशी दूसरी ओर देखने लगा।

"बुधवार को 'दीवान बुक कॉर्नर' बन्द रहता है। गनेशी ने मुझे इस कब्रिस्तान के बारे में बतलाया। बस, आज हमने यहीं दफ्तर लगा लिया। शाम को कुछ साथी गुंटूर, करीमनगर, खम्भ और नेल्लूर से आएंगे। उनके लिए बंडल तैयार कर दिए हैं। कुछ डाक से भेजने हैं।...मेरे मकान में काम नहीं हो सकता। सादी वर्दी में पुलिस के आदमी वहां चक्कर लगाते रहते हैं।"

वह कब्रगाह और मकबरे की छतरी।

नीलम्मा और गनेशी।

भूरी-भूरी धूप और बादल का एक टुकड़ा।

लेखक के भीतर एक झनझनी उठी और फैलती चली गई।... वह मुशिदाबाद में पैदा हुआ। मां-बाप उसे ढाका ले गए।...एक दिन ढाका की धान मंडी में उन दोनों की लाशें सड़क पर पड़ी हुई थीं। कातिलों के चेहरे वह नहीं देख पाया। वह भागा, भागता रहा। किसी तरह बैलोनिया पहुंचा, फिर अगरतल्ला, फिर बर्दवान, फिर नलगोंडा, फिर हैदराबाद। भटकाव, बेगानापन और डर।

लेकिन, उसने हमेशा अकेलेपन को चुना। दूसरों के समीप रहकर भी एकाकी जिया। वह जीना...एक नरक से दूसरे नरक तक रपटना था, निरुद्देश्य! किन्तु अब उसके सामने एक स्पष्ट उद्देश्य था। उसकी आंच, उसकी चमक! वह महसूस कर रहा था।

"मैं एक पतित व्यक्ति हूं। एकदम गिरा हुआ...किन्तु आप मुझपर विश्वास कर सकती हैं। लेखक का कंठ अवरुद्ध हो गया।

"अपनी भर्त्सना मत कीजिए। मैं आपकी भावनाओं की

कद्र करती हूं। हर कोई गिरने के बाद ही उठता है।...नीलम्मा ने कोमलता से कहा। उसकी सूखी-सूखी आंखें पानीदार हो उठीं।

वेंकटय्या की अनुपस्थिति में पहली बार उसके भीतर एक कातर विह्वलता तैर आई थी, हल्की-सी लकीर की तरह।

नीलम्मा ने तत्काल उसे पोंछ दिया और कहा, "अब हम लोग चलें यहां से!"

चीनू अजीब हरकतें कर रहा था।

वह लेखक से अचानक टकरा जाता था, कहीं भी।

गालयिां बकता था।

मुट्ठयिां भींचता था। धमकयिां देता था।

उस रोज चार मीनार के बस-स्टैंड पर भिड़ गया।

लेखक 'क्यू' में खडा था।

चीनू ने आकर उसका हाथ पकड़ लिया और कतार से दूर खींच ले गया, "तुम्हें शर्म नहीं आती?"

वह हांफ रहा था और उसके मुंह में झाग भरे हुए थे।

"शान्त हो जाओ, चीनू! फिर जो कुछ कहना हो, कहो। मैं सुनूंगा और जानना चाहूंगा कि मुझसे क्या गलती हुई है?"

"नीरा आई थी तुम्हारे पास?" चीनू ने दांत पीसे, "तुम्हारे कमरे में?"

"हां, अन्ना ने भेजा था। कापियां देकर।"

"लेकिन, तुमने उसे कमरा बन्द करके भोगा।"

चीनू के जबड़े भिंच गए, इस तरह, मानो उसपर मिर्गी का दौरा पड़ने वाला हो।

"शट अप!" लेखक की इच्छा हुई कि उसके एक थप्पड़ लगा

दे और जबड़े ठीक कर दे। वह बौरा गया था।

"वह नंगी हुई थी तुम्हारे सामने? उसने कपड़े उतारे थे?"

"इससे क्या-वह मॉडलिंग करती रही है।"

"लेकिन नीर ने खुद मुझसे कहा कि वह तुम्हारे साथ सोई थी।"

"उसने तुम्हें चिढ़ाया होगा, क्योंकि तुम घोर ईर्ष्यालु हो!"

"झूठे!" चीनू चिल्लाया, "मैं तुम्हें देख लूंगा।"

वह फुंकारियां छोड़ता हुआ जाने लगा।

"दिमाग ठंडा रखो, चीनू! इस तरह तुम अपना ही नुकसान कर रहे हो।"

उसने लेखक को मुक्का दिखलाया, "मल्लिनाथ से तुम्हीं ने मिलवाया नीरा को। तुम्हीं मुझे बरबाद् करने पर तुले हुए हो। लेकिन मैं तुम्हारी खाट खड़ी करके रहूंगा!'

लेखक उससे मल्लिनाथ से हुई भेंट की बात कहना चाहता था, किन्तु चीनू हड़फ-सड़फ चला गया।

—मदनलाल ने जाने क्या-क्या उल्टा-सीधा भर दिया है। इसके माथे में। वही यह सब करवा रहा है, और अपनी वकालत के खुराफाती अनुभव इसके अपरिपक्क मस्तिष्क पर आजमा रहा है!

लेखक के सामने अन्ना का चेहरा घूम गया। चीनू की इन कारगुजारियों से उसका क्या हाल हो रहा होगा? स्कूल से उसने दो माह की छुट्टी ले ली थी।

उसके घर वह जा नहीं सकता था।

बड़ी उलझन थी।

मन में एक पतला-सा भरोसा था कि यदि वह अन्ना को ठीक-ठीक सारी स्थिति समझाने में समर्थ हो सका तो गलत फहमी भी

दूर हो जाएगी।

फिर उसे अन्ना का तेजी से रिक्शा में बैठना और उपेक्षा दरसाना याद आया—उस घटना की टंकार ने लेखक को मुरझा दिया।

कहीं भी जाने का जोश मर गया।

वह नीलम्मा से मिलने के लिए निकला था, किन्तु गिराघिरा घर लौट पड़ा।

"अभी-अभी एक शिपाही आया था, तुमको पूछने के लिए।"

जीने पर कदम रखते ही गुनवन्ती ने लपककर उसे खबर दो।

"सिपाही?" लेखक शंकित हो उठा।

"तो इशमें डरना क्या? भन्नै शब बता दिया।'

"क्या बता दिया?"

"शब कुच्छ।"

"आखिर मुझे भी तो पता चले!"

जिस तरह से गुनवन्ती मटक-लटक रही थी, लेखक वितृष्णा से भर उठा॥

"वो बोल्या कि तुम्हारे किरायेदार तो शमगै लिंग का धंधा करते हैं। मैंने कह दिया, आलतू-फालतू ज़बान मत चलाओ। वो तो लेखकजी हैं, लेखकजी। इस्कूल में पढ़ाते हैं, लिखते हैं। और मूरतियां बनाते हैं। मैं उनके बारे में शब जानती हूं और उनका पूरा ख्याल रखती हूं।"

"और कुछ कहा उसने?"

"फिर क्या कहने-सुनने को पड़या था। भन्नै एक कप चाय बनाके पिला दी उशको, तो बोल्या—गुनवन्ती, अब लेखकजी से नहीं तेरे शे मिलने आया करूंगा। मन्नै तो उश पर मन्तर

मार दिया।"

लेखक सीढ़ियां चढ़ने लगा।

"कोई छोकरा ध्यान में हो तो बतावो, लेखकजी! घर में दिन-रात खटते-खटते मैं तो अधमरी हो गई हूं। वो गनेशी तो उचक्का निकला। तीन शो रुपैये रखे थे आले में, लेके चम्पत हो गया। एक बारी तो मनश्या हुई कि थाने में रिपोट लिखवा दें। बाब्बू ने तो पक्का विचार कर लिया था, फिर मन्नै रोक दिया। उश छोकरे पर दया आ गई। कैशा शीधा लगता था, और कितना चालू-चंट निकला।"

झूठ को सुनते-सुनते कानों में भन्-भन् होने लगी। लेखक ने तेजी से अपना कमरा खोला और अन्दर घुसकर किंवाड़ भेड़ दिए।

गुनवन्ती अभी भी कुछ-न-कुछ बोले जा रही थी।

उसके पास करने के लिए कुछ नहीं रह गया था अब।

लेखक के मुंह का स्वाद कसैला हो गया। उस कसैलेपन को घूंटते हुए उसने तय किया कि वह इस खाली वक्त का इस्तेमाल कहानी 'रचने' में करेगा।

दो हफ्ते बेखयाली में गुजर गए।

लेखक स्कूल जाता था, फिर प्रूफ-रीडरी के लिए, फिर दीवान बुक कॉर्नर।

यही तीन जगहें।

अन्य कहीं जाने का उसका मन ही नहीं होता था।

नीलम्मा से मिलने की तीव्र इच्छा थी। परचे का अनुवाद कर वह उसे बुक कॉर्नर पर दे आया था, किन्तु अगले ही रोज वह गुम हो गई।

लेखक उसके घर भी गया।

ताला झूल रहा था।

एक रविवार को वह सारे दिन इसी उम्मीद में वहां चक्कर काटता रहा कि कहीं गनेशी ही नजर आ जाए, लेकिन वह भी गायब था।

लेखक दुश्चिन्ताओं में फंस गया।

खतरों और खुंखार दरिन्दों से भरे हुए उस वातावरण में नीलम्मा का जीवित रहना और काम करते जाना आश्चर्य जनक था।

जिसका नाम वेंकटय्या के साथ जुड़ा हुआ हो, उसे कातिलों के हाथ अपनी पहुंच से परे नहीं जाने देंगे—लेखक भली भांति जानता था।

एक दानवी मुख उस आभामयी को निगलने के लिए हर समय तैयार था।

दिनचर्या में थोड़ी-सी छूट पाते ही लेखक बुक कॉर्नर की ओर दौड़ पड़ता था और वहां निराशा हाथ लगती थी।

फिर वह अन्धे की तरह टटोलता हुआ घर जाता था। वहां भी ताला!

लाल किनारी की सफेद साड़ी पहनने वाली हर युवती उसे नीलम्मा लगती थी और वह बीच के सारे व्यवधान चीरता हुआ उसकी तरफ लपक पड़ता था। किन्तु पास जाते ही उम्मीद खिड जाती थी।

इसी तरह अधरझूलन में वह बुक कॉर्नर के भीतर खड़ा था कि एक व्यक्ति उसके निकट आकर खड़ा हो गया।

"आप रोज नीलम्मा को ढूंढने आते हैं?"

लेखक ने पहचान लिया, वह दुकान का मालिक था।

"हां। वह कहां—"

मालिक ने उसे संकेत से चुप कर दिया और अन्दर के छोटे–से घुटे-घुटे कक्ष में ले गया।

"आप नीलम्मा के क्या लगते हैं?" उसने छानबीन-सी करते हुए पूछा। दृष्टि में संदेह था।

"एक मित्र। और कुछ नहीं।"

लेखक के सीधे उत्तर ने सम्भवतः उसे कुछ संतुष्ट किया।

"आप वेंकटय्या से भी मिले हैं?"

"नहीं, कभी नहीं। नीलम्मा से मेरा परिचय यहीं हुआ। आपकी दुकान पर। लेकिन...उसने अपने बारे में मुझे कुछ बतलाया था।

"आप उसके घर गए हैं?

"हां, एक बार।"

"उसने आपको कभी कोई काम सौंपा था?"

"एक वरचे का अंग्रेजी में अनुवाद करवाया था। बस।" बुक कॉर्नर का मालिक सोच में पड़ गया।

"एक दफा मैंने आपको 'गुलमोहर' वाले नवाब के साथ देखा था, कार में।"

"हां, मैं उस 'बार' में जाता रहा हूं। इधर नहीं गया।...इस लिहाज से मैं कोई अच्छा आदमी नहीं हूं। मेरा पूरी तरह पतन हो चुका है।"

"ऐसा मत कहिए।"

लेखक के मन में अपने प्रति उबलता हुआ रोष बह निकला, "मैं नवाब की नई बेगम जीनत को भी जानता हूं। वह एक खुदगर्ज और घटिया औरत है।...वे दोनों मुझे गुलाम बनाने की साजिश कर रहे थे। मैं उसमें फंस जातो शायद, किन्तु नीलम्मा ने मेरी आत्मा को और अधिक गिरने से बचा लिया..."

"नीलम्मा ने आपका हल्का-सा जिक्र मुझसे किया था।"

"वह कहां है?"

"अगर नवाब ने एक बार आपको शिकंजे में ले लिया तो फिर जिन्दगी भर निकलने नहीं देगा।"

"मुझे मालूम है। उसके पास वही घिसी-पिटी चालें हैं, किन्तु वह जीनत—उसकी खोपड़ी में शैतान का वासा है।"

"आप सावधान रहिए। कोई मुझे बतला रहा था कि नवाब ने प्रेस खरीदा है और अखबार निकालना चाहता है।"

"इलेक्शन लड़ने की तमन्ना है उसकी।"

"किस दल से?"

"जिसका पलड़ा भारी होगा।"

"उसका दादा निज़ाम के ख़जांचियों में था। काफी हेरा–फेरी की उसने। खूब पैसा है नवाब के पास। चुनाव में पानी की तरह बहाएगा।"

"नीलम्मा...क्या किसी वजह से अंडर-ग्राउंड हो गई है?"

"वह आ जाएगी। आप परेशान न हों।"

"मैं जानता चाहता हूं। यदि आप बता सकें तो बड़ी कृपा होगी...उसका मेरे लिए बहुत महत्व है। उसने मेरी जिन्दगी की धारा बदल दी है। मुझे चिन्ता है कि किसीने उसका—"

"ऐसा कुछ नहीं।" बुक कॉर्नर के मालिक का स्वर स्निग्ध हो उठा, "वह दिल्ली गई है। वेंकटय्या से मुलाकात के लिए। गनेशी साथ में है। मैंने एक दम चुपचाप इस यात्रा का इन्तजाम किया है ताकि वह सकुशल लौट सके।"

लेखक का चेहरा चमक उठा। उसने चैन की सांस ली।

"इस सूचना के लिए आपका बहुत-बहुत धन्यवाद!" वह कृतज्ञता से छलछला उठा।

"नीलम्मा मेरी छोटी बहन है, और इकलौती। वह परिवार से अलग रहती है। सिर्फ मुझसे बनती है उसकी।...अपनी विचारधारा

के लिए उसने कष्ट झेले हैं। कोई उससे असहमत हो सकता है, किन्तु उसकी समर्पण-भावना और निष्ठा देखकर श्रद्धा पैदा होती है। उसकी अपनी कोई जरूरत नहीं, कोई इच्छा नहीं, जो भी कुछ है—उन लोगों के लिए, जो शोषित हैं, पीड़ित हैं!...

स्कूल के बच्चों को पिकनिक थी। उस्मान सागर पर।

दो अध्यापक और तीन अध्यापिकाएं। उनकी यह ड्यूटी लगा दी गई थी कि वे बच्चों का ध्यान रखें। खेल-कूद, खानापीना, गाना-अजाना...खूब हल्ला-गुल्ला मचा हुआ था।

ऐसे मौकों पर म्यूजिक का विशेष महत्व था, इसलिए लेखक भी ड्यूटी पर था।

तीसरे पहर की धूप उस्मान सागर के जल पर चमकीली पन्नियां बिखेर रही थी।

बच्चे पानी में कागज की नावें छोड़ रहे थे और खुश हो रहे थे।

लेखक थक गया था।

पहले रवीन्द्र-संगीत। फिर कुछ बंगला और असामियों के लोकगीत। फिर गजलें। वह गाते-गाते निढाल हो चुका था और अब एक चट्टानी आसन पर पांव पसारे विश्राम कर रहा था।

एकाएक गुल-गपाड़ा मचा।

बच्चे एक दरख्त की ओर दौड़ पड़े और शोर करते हुए उछाल-चौकड़ी भरने लगे।

लेखक ने कुछ नाराजगी से उधर देखा।

टीचर भी बच्चों के साथ थे और हंस रहे थे।

एक किकियाहट-भरी आवाज बीच-बीच में सुनाई पड़ती थी।

और फिर बेतहाशा खिलखिलाहटें।

एक हड़कम्प-सा पैदा हो गया था।

लेखक के कुछ पल्ले नहीं पड़ा कि क्या हो रहा है, न ही मन में इच्छा जी कि जाकर वहां देखे। ऐसे ही कुछ खेला-रेला होगा!

किन्तु तभी वह हंसता-किलकारता हुआ जुलूस उसकी तरफ आने लगा।

वह परेशान हुआ, किन्तु बच्चों को प्रसन्न देखकर सायास मुसकराया भी।

एक बच्ची भागकर आई, "सर, बौना!"

उसकी हंसी थम ही नहीं रही थी। किसी तरह कह पाई, "एक बौना है, इत्ता-सा।" उसने अपनी कमर पर हाथ लगाया, "आपको पूछ रहा है, सर!"।

"मुझे? क्यों?"

लेखक वहीं बैठा रहा। तमाशा समझकर।

किन्तु कुछ ही क्षणों में बच्चों ने उसको घेर लिया।

एक छुटके जीव को उन्होंने बीच में ले रखा था।

वह एक हंसमुख बौना था। मजे मारता हुआ सबसे खुलकर बातें कर रहा था। बढ़िया कपड़े पहने हुए। टेरीकाट की पैंटकमीज। गले में फूलदार स्कार्फ, जिसका एक लम्बा सिरा उसकी छाती पर झूल रहा था। कलाई में सुनहरे डायल वाली घड़ी। पांवों में खास नाप के मखमली जूते।

जेब से कंधा निकालकर वह बालों की बिखरी हुई लटियां संवारने लगा। वह बड़े आकर्षक अन्दाज में पान चबा रहा था। होंठ लाल हो रहे थे और उसके चेहरे को एक विशिष्ट सौंदर्य प्रदान कर रहे थे।

बौना मटकता हुआ लेखक के सामने आ खड़ा हुआ।

उसने पतलून की जेबों से हाथ निकाले।

लेखक की ओर हाथ बढ़ाया, मिलाने के लिए। अंगुलियों में अंगूठियों के नगीने चमचमा रहे थे।

"हैलो, हाउ डू यू डू!"

बच्चे ताली बजाकर हँस पड़े।

"हमारा नाम चम्पकलाल शाह है।"

लेखक ने हाथ मिलाया। जैसे, स्पंज के टुकड़े को छू लिया

"हम बोम्बे से आया है। अलादीन होटल का नाम सुना है? उसमें काम करता है। अरब को बड़ी-बड़ो सौदागर हमारे यहां आके ठहरता है।"

"आपसे मिलकर बहुत खुशी हुई।"

लेखक को चम्पकलाल का आत्मविश्वास अच्छा लगा।

वह अपने कद की वजह से झेंप नहीं रहा था, इतरा रहा था।

"एक मैडम बैठा है, हमारी इम्पाला में। वो तुमको बुलाता है।"

"वहां? कौन?" लेखक को हैरानी हुई।

"उदर...मिस निरप्पमा। वो तुमको जानता है...शी नॉज यू वेरी वेल।"

"नीरा..."

"यस्स-यस्स, यू आर राइट।"

चम्पकलाल ने नारियल-सा सिर झटकाया।

"लेकिन अभी..."

"एक मिन्ट का टाइम देना होगा तुमको। वेरी अरजेण्ट वर्क।"

"मैं बाद में मिल लूंगा।" लेखक का स्वर रिक्तता में रेंग

गया।

"हमारी प्रेस्टिज का सवाल है। प्लीज!"

बच्चे अब हंस नहीं रहे थे। गंभीर थे।

"मिस निरप्पमा बहोत जल्दी नाराज हो जाता है। एकदम शोला के माफिक। तुम नहीं चलेगा तो वो हम से गुस्सा करेगा। हमारी खातिर...प्लीज!"

"आप हो आइए।" एक अध्यापक ने लेखक को दुविधा में देखकर आग्रह किया।

लेखक बेमन से डगमग चल पड़ा। उसे लगा, वह व्यर्थ ही इतने जनों के बीच 'नौटंकिया' बन गया है।

"तुम बहोत भला आदमी है, वेरी काइंड!" चम्पकलाल उस अध्यापक से लिपट गया, "गॉड तुम्हें सुखी रखे। हम तुम्हारे लिए प्रेयर करेगा। गॉड हमारी सुनता है। हरे राम, राम-राम हरे-हरे!... वह गाने लगा, कीर्तन की शैली में। फिर सजग हुआ, "ओके, ऑल दि बेस्ट, टाटा!"

चम्पकलाल ने हवा में हाथ हिलाया तो बच्चे भी हंसते-हंसते चिल्लाने लगे, "बाय, बाय!"

लेखक आगे निकल आया था। यों ही अनिच्छापूर्वक। अस्थिर॥

दौड़कर चम्पकलाल उसके बराबर हो लिया।

उसकी सांस फूल गई।

"तुम मिस निरप्पमा का बॉयफ्रेंड है क्या? आइ फील... हैद्राबाद में वो बहोत पापुलर है। अ वेरी चार्मिग गर्ल...एण्ड इंटेलिजेण्ट!

लेखक कुछ नहीं बोला।

छोटे-छोटे कदम टपटपाता हुआ चम्पकलाल एक लम्बी-सी गाड़ी के पास जाकर रुक गया।

"शक्ल पर बारह क्यों बजा रखे है, राइटर साहब?"

नीरा ने कार-विंडो का शीशा उतार दिया।

"मैं तो स्कूल की पिकनिक में आया हूं यहां, लेकिन तुम..."

"हम भी सैर-सपाटे करते फिर रहे हैं। अन्दर आ जाइए। गाड़ी में बैठकर कुछ देर बातें करेंगे।"

"यस्स, यस्स, प्लीज...बी इन्फार्मल।" चम्पकलाल ने गाड़ी का दरवाजा खोल दिया।

लेखक को एक हिचकिचाहट हुई, पर पीछे की सीट पर नीरा ने उसके लिए जगह बना दी थी। वह झुका और अन्दर जाकर बैठ गया।

कार वातानुकूलित थी।

उसे सुहाती-सुहाती ठंडी लहरों ने लपेट लिया। बाहर की गरमास के बाद यह परिवर्तन सुखद लगा।

"मिस्टर शाह, मुझे इनसे कुछ प्राइवेट बात करनी है। तुम जरा टहल आओ और ड्राइवर को भी साथ ले जाओ।...बुरा तो नहीं मानोगे?" नीरा ने प्रार्थना-भाव से चम्पकलाल की ओर देखा।

"नहीं, बिल्कुल नहीं।" चम्पकलाल बोला, "हम तुम्हारी आजादी में टांगपेच नहीं लगाएगा। हम बहोत लिबरल है, बहोत सॉफ्ट-हार्टेड..."।

ड्राइवर तो नीरा के कहते ही उतर गया था।

"एक सिगरेट!"

चम्पकलाल ने ड्राइवर की ओर अंगुली उठाई। उसमें आदेश था।

ड्राइवर ने पैकेट से सिगरेट निकालकर चम्पकलाल के होंठों में दबाई, फिर उसे लाइटर की लौ से सुलगा दिया।

चम्पकलाल ने एक करारा कश लगाकर धुआं उड़ाया। नथुनों

के छेद चौड़े हो गए। फिर वह बोला, "ठीक है, हम दस मिन्ट में राउंड लगाके आता है।"

वह आगे-आगे। ड्राइवर पीछे-पीछे।

चम्पकलाल राजसी दृष्टि में आसपास के दृश्यों का मुआयना कर रहा था। गर्दन अहंकार में अकड़ी हुई। चाल में ठसक। उच्चता से मुसकराता। आंखें झपकारता। चुटकी बजाकर सिगरेट की राख झाड़ता।

साढ़े पांच फुट से भी अधिक लम्बा ड्राइवर सिर झुकाए हुए था और उसके सामने बौना लग रहा था।

"तुमने चीनू से क्या बोल दिया?"

लेखक के पहले प्रश्न के पीछे ठहरी हुई रूखाई से नीरा चौंकी नहीं।

"वह मिला होगा आपसे।" उसने लापरवाही से कहा।

"मुझे धमकी दे रहा था।"

"इस बीच वह आपका पीछा करता रहा है। मुझे मालूम ...इसीलिए मैंने मल्लिनाथ को आपके पास भेजा था।"

"तुमने चीनू को बेकार की बातों से भड़काया क्यों?"

"मैंने ऐसा कुछ नहीं किया। मदनलाल उसकी मदर से शादी करने के लिए बेचैन है। अन्नपूर्णा देवी की तरफ से अभी हां-ना कुछ नहीं। कभी वो एक जवाब देती है, कभी दूसरा। गिरगिट की तरह रंग पलट रही है। लेकिन मदनलाल तो महाघाघ है। वह अपना उल्लू सीधा करने के लिए चीनू को मोहरा बना रहा है। अन्नपूर्णा देवी को आपके साथ मेरे रिलेशन्स पर कभी संदेह नहीं हुआ। वह आपको जानती है। लेकिन, मदनलाल ने सनसनीखेज बात करके चीनू के माथे में सनसनाहट भर दी हैं। वह अब न क्रिकेट खेलने जाता है, न पढ़ने में दिलचस्पी रखता है—बस, कुछ

दो कौड़ी के चाकूमारों से छुरेबाजी सीख रहा है।”

“क्या तुम इसके लिए कुछ अपने को जिम्मेदार...”

“कतई नहीं। कोई किसके लिए जिम्मेदार नहीं होता है। मैंने क्या उसे इन्वाइट किया था कि आओ, मेरे साथ भिड़ जाओ। उसने खुद ही मेरी फ्लैटरी करनी शुरू कर दी। मेरा तो कुछ बिगड़ता नहीं, मैं ऐसे लोगों को लिफ्ट मार देती हूं।’

“मल्लिनाथ के गिरोह में काम कर रही हो तुम?”

“किया था। एक अनुभव रहा वह भी, हालांकि छोटा-सा। ...उसके यहां तो रोज गड़बड़ होती थी। पीकर राक्षस हो जाता है वो। एक दिन मुझे शक हुआ कि मैं...प्रेगनेण्ट हो गई हूं। बहुत बुरा लगा। मल्लिनाथ का एक दोस्त है, डॉक्टर शेषाचारी। उसे दिखलाया। उसने जांच करके कहा कि तुम्हें वहम हो गया है, ऐसी कोई बात नहीं। तब मेरी जान में जान आई।...अब शेषा, चारी ने ऐसी दवाएं दे दी हैं कि जिन्दगी भर मां-वां बनने का कोई झमेला नहीं।”

“यह चम्पकलाल...”

“बतलाती हूं। यह बम्बई के एक होटल में काम करता है। पार्टनर भी है उसमें। मल्लिनाथ से उसकी यारी है, इसलिए कि आंध्रा के कुछ बड़े लीडरों के यहां यह आता-जाता है। पैसा देता है उन्हें, काम करवाता है।...इधर यह अपने होटल के लिए कैबरे-डांसर की तलाश में निकला है। मल्लिनाथ का प्रपोजल था कि इसको अपना जौहर दिखला दो और कैरियर बनाओ। मैंने इसे अपनी बॉडी दिखला दी...कुछ आनन्द भी दे दिया। बस, मस्ताना हो गया है चम्पकलाल। मैं इसके साथ बम्बई जा रही हूं।”

“कैबरे-डांसर बनोगी?” लेखक का स्वर ‘स्वरहीन’ था।

“राइटर साहब, उस रोज...जब आपके कमरे में मैंने मैक्सी

उतारकर फेंकी, और भूति गढ़ते-गढ़ते आपने जिन निगाहों से मुझे देखा, तो पहली बार मेरे भीतर एक विश्वास पैदा हुआ कि मैं सुन्दर हूं। अपने अंगों से मैंने किरणों का फूटना महसूस किया।...जब कैबरे-डांसर बनने का प्रस्ताव मेरे सामने रखा गया तो मुझे वही दिन याद आया, वही अद्‍भुत क्षण! मुझे लगा, मैं अपने सौंदर्य से कुछ कर सकती हूं। यह शरीर ही है, जो मेरा साथ देगा। मैं धीरे-धीरे कपड़े उतारूंगी, एक संगीत मेरे खून में भरता चला जाएगा और तब वह पल आएगा...कि लोग अपलक मुझे देखते रह जाएंगे। वे सब कुछ भूल चुके होंगे, खो चुके होंगे और—उसी समय, मैं अदृश्य हो जाऊंगी। अपने सामने मुझे न पाकर वे चीख पड़ेंगे, छाती पीटेंगे, हाहाकार करेंगे। मैं चाहती हूं कि मेरे लिए अब हाहाकार ही होता रहे, क्योंकि वही मेरी असली पहचान है।..."

"मे आई कम इन!" चम्पकलाल बाहर थिरक रहा था।

नीरा ने फाटक खोल दिया।

"हम गरम-गरम काजू लाया है।" उसने ठुंगा आगे बढ़ा दिया, "मिस निरप्पमा, हमारा आइडिया है कि हम तुमसे शादी कर लेगा। हमको लम्बी औरत पसन्द है। जमेगी हमारी जोड़ी। बहारो फूल बरसाओ..." वह गाने लगा, अजीब चीकट सुर में।

६

वह तिराहा था।

तीन गलियां आकर मिलती थीं।

उन गलियों को लेकर फिर एक, कुछ चौड़ा रास्ता शुरू होता था।

रास्ते के बीचोबीच सांड़ खड़ा था।

उसके कठोर सींग चमक रहे थे। शरीर मस्ताया हुआ था। आंखों में दो तारे उग आए थे। पूंछ फटकारा देती हुई पीठ की हड्डी तक आती थी और फिसल जाती थी। थुही अपने तरीके से हिल रही थी। खुर मोर्चा साधे हुए थे।

लेखक ठिठक गया। देखने लगा।

"यह तो ठीक नहीं।" वह बड़बड़ाया।

"क्या ठीक नहीं है?" सांड़ ने माथा ऊंचा किया।

"तुम्हारे यहां खड़े रहने से लोगों को दिक्कत हो रही है, आने-जाने में।"

"कौन लोग?"

लेखक निरुत्तर हो गया।

उसने देखा, स्त्रियां-पुरुष-बच्चे सब सांड़ के आजू-बाजू से होकर निकल रहे थे। किसीके मन में डर नहीं था, न चौकन्नापन। वे अपने में व्यस्त थे।

"कल यहां एक बच्चा कुचल गया था, कार से।" सांड़ ने कहा, "यह रास्ता कारों के लिए नहीं है। मैं इसीलिए बीच में खड़ा हूं कि कोई कार न निकल सके।"

"तुम कब तक खड़े रहोगे?"

"सारे दिन, सारी रात।" सांड़ बेखौफ था, "मैं यहीं बैठकर कुछ आराम कर लूंगा।"

"तुम उन्हें जानते नहीं हो?"

"किन्हें?"

"उनके पास कानून और कठघरे हैं।"

"मुझे डरा रहे हो?"

"नहीं। लेकिन...वे लोग नाकेबन्दी कर आएंगे और तुम्हें

पकड़ के ले जाएंगे।"

"देखता हूं, किस माई के लाल में इतना दम है? मैं यहां से कारों को नहीं जाने दूंगा।...वे बच्चों को मार डालें और हम सिर्फ रो-कलपकर रह जाएं? आखिर, बच्चे खेलें कहां? संकरी–संकरी गलियां हैं ऐसी कि एक आदमी का ठीक से चलना भी मुश्किल। यह चौड़ा रास्ता है। कोई-कोई बच्चा यहां खेलने लगता है।... उन्होंने बच्चों के खेलने के लिए मैदान क्यों नहीं बनवाए?"

"वे अपने लिए कोठियां बना रहे थे।"

"यह सब ज्यादा दिन चलने वाला नहीं, समझे!"

"समझ रहा हूं।"

"वक्त आने दो। मैं अकेला नहीं रहूंगा, तब। हर गली से एक सांड़ निकलकर आएगा और उन कोठियों को खूद डालेगा। सींगों से फाड़ डालेगा सारी गंदी शान-शौकत।" सांड़ ने खुर पीटे। फुंकार भरी।

"मैं उस दिन का इन्तजार करूंगा।" लेखक बोला।

"सिर्फ इन्तजार? कुछ करोगे नहीं, कायर?"

जीनत लेखक के स्कूल गई।

वह उसे वहां नहीं मिला। अपने पीरियड समाप्त कर वह जा चुका था।

तब जीनत ने उसे अखबार के कार्यालय में ढूंढा।

वह प्रूफ-रीडरों की जमात में नहीं था।

उन सभी जगहों पर, जहां जीनत को उसके होने की सम्भावना लग रही थी, आदमी भेजे गए। वे बिना किसी निश्चित सूचना के लौट आए थे।

जीनत खीज उठी।

उसे लेखक की जरूरत थी।

हैदराबाद की दीवारों पर एक पोस्टर चिपका हुआ था और जीनत के कलेजे पर अजगर बल खा रहे थे।

उस पोस्टर में जीनत का फोटो था।

वह निर्वस्त्र लेटी हुई थी।

छपे हुए शब्दों में उस नग्नता के 'इतिहास' का ऐसा बखान किया गया था कि पढ़ने वाला चटखारे लेता रह जाए।

हर जगह, हर नुक्कड़, हर कोने में जीनत की वह तस्वीर सनसनी फैला रही थी।

जीनत उस पोस्टर के प्रचारक को जानती थी।

रऊफ अंसारी!

जिस तरह से जीनत ने नवाब को धर दबोचा था और उसके सारे 'राज-काज' की बागडोर खुद संभाल ली थी, अंसारी बौखला गया था।

उसे अहसास हो गया था कि यह औरत उसके लिए भारी पड़ेगी।

वह सियासत में बहुत आगे जाने का सपना देख रहा था, इसलिए शुरू में ही मात खाने के लिए तैयार नहीं था।

उसने सिर्फ चालीस वर्ष लांघे थे और निरन्तर जोड़-तोड़ से अपनी एक हैसियत बना ली थी। राष्ट्रपति निलयम् में जब राष्ट्रपति आकर विराजते थे तो वह उनसे मिलने अवश्य जाता या, फोटोग्राफर साथ लेकर। उसकी ऐसी 'उपलब्धियों' का अलबम इतना जोरदार था कि एकबारगी तो देखने वाले का दिल बैठ जाता था और उसको अपनी आंखों के फट पड़ने का उपाय करना पड़ता था।

इसके पेशतर कि जीनत पंख फैलाकर आकाश में उड़ान की

कलाबाजियां दरसाने लगे, अंसारी ने तगड़ा वार करने की योजना बना ली थी।

अपने गुप्तचरों से जीनत को पता लग गया था कि वह षड्यंत्र कर रहा है, किन्तु ऐसा अनुमान नहीं लगाया था।

अब वह तिलमिला रही थी।

होंठ काट-काटकर लहूलुहान कर रही थी।

वह अंसारी के बच्चे को बतला देना चाहती थी कि जीनत के पंख कतर देने वाली कैंची उसके पास नहीं है।

लेखक से एक जवाबी पैंफ्लेट तैयार करवाकर वह रातों-रात हैदराबाद शहर को पाट देना चाहती थी। उसके पास अंसारी का कच्चा-काला चिट्ठा था। ज्योंही वह छपेगा, अंसारी खत्म! कहीं मुंह दिखाने लायक नहीं रहेगा वह। डूब मरने के सिवा कोई विकल्प नहीं। हां, जीनत उसे आत्मघात के लिए विवश कर सकती थी।

"लेकिन...वह लेखक स्साला कहां मर गया?"

जीनत ने लाल-लाल आंखों से चौतरफ देखा, घूरकर।

बांदियां सहमी हुई खड़ी थीं।

उसने विफरकर स्कॉच का गिलास उनकी ओर फेंक मारा।

"ये चुड़ैलें यहां क्या कर रही हैं? इन्हें...हर वक्त मेरा तमाशा देखने के सिवा और कोई काम नहीं!"

लेखक नामपल्ली रेल्वे स्टेशन के प्लेटफार्म पर खड़ा था।

एक कोने में।

चाय के ठेले के पास। प्याला थामे।

दो देहातियों से गपियाता हुआ। वे लोग हैदराबाद की मंडी में चावल बेचकर लौट रहे थे। अपने गांव। खुश थे। ठगाए नहीं

थे। वाजिब रकम मिल गई थी।

कल शाम, दीवान बुक कॉर्नर पर लेखक को पता चला था कि नीलम्मा आ रही है। उसने उसके भाई को आश्वस्त किया था कि वह स्टेशन जाकर लिवा लाएगा। भाई ने कृतज्ञता से उसकी ओर देखा था।

परस्पर विश्वास का एक रिश्ता उन दोनों के बीच बना था इन दिनों।

एक रोज तो लेखक ने दुकान के काउंटर पर खड़े-खडे ही भाई को सुकान्त भट्टाचार्य की एक पूरी कविता सुना डाली थी। फिर अर्थ समझाया था। सरल शब्दों में।...

"एक मुर्गे की कहानी।"

बहुत ऊंची और भव्य एक इमारत थी।

वहां दड़बा था मुर्गे का। एक मामूली कोने में।

पैकिंग के लिए पड़े टूटे बक्सों में रहता था वह।

दो-तीन मुर्गियों के साथ।

किसी तरह वक्त काटता हुआ।

आश्रय तो था, किन्तु आहार नहीं। सुबह से शाम तक वह गला फाड़कर चिल्लाता था, प्रतिवाद करता था, किन्तु उस हृदयहीन इमारत से उसे कोई सहानुभूति नहीं मिली।

तब मुर्गे ने शुरू किया, घरे पर आना-जाना।

फिर क्या, वहां प्रतिदिन मिलने लगा फेंका हुआ चावल और रोटी के टुकड़ों का खाना।

किन्तु उसी समय घूरे पर आने लगे, कुछ बेसहारा लोग। मैले-कुचैले कपड़ों से तन ढके हुए। वे दाने-दाने को तरसते थे। भूखे थे।

मुर्गे का खाना-पीना हराम हो गया।

लेकिन, खाना तो जरूरी था। खाना, कहां से आए खाना?

मुर्गे ने इमारत में घुसने की चेष्टा की, पर खदेड़ दिया गया।

बार-बार गया, बार-बार, निकाला गया।

छोटा वह मुर्गा, उस अभेद्य इमारत में रखे ढेर सारे खाने के स्वप्न देखता रहा। किन्तु एक दिन—

हां, एक दिन वह सचमुच इमारत में जा घुसा। जबरन। कलंगी तानकर।

बेहिचक चला गया, भोजन की साफ-सुथरी...सफेद कीमती कपड़े से ढंकी हुई मेज पर।

लेकिन—खाना खाने नहीं, खाने का हिसाब लेने के लिए!...

कविता सुनकर भाई ने लेखक के हाथों को थाम लिया था। कसकर। उनके बीच एक उष्ण स्रोत बह निकला था।

लेखक का ध्यान हल्के-से शोरगुल से भंग हुआ।

कुछ तगड़े, मुस्टंडे व्यक्तियों ने दोनों देहातियों को घेर लिया था।

"कितना कमाया है तुमने?" एक तहमद-बनियानधारी मुच्छल ने डपटकर पूछा।

देहाती हाथ जोड़कर मौन में गड़े रहे।

"उनके चेहरे फक् पड़ गए थे।

"तुम्हें क्या मतलब है?" लेखक ने हस्तक्षेप किया।

मुच्छल ने कचर-कचर चबा जाने वाली निगाहों से लेखक की तरफ देखा, फिर कहा, "हां है मतलब।"

"इन्होंने अपना चावल बेचा है और अब घर लौट रहे हैं।" लेखक ने स्पष्ट किया।

"मंडी की बिक्री में हमारा हिस्सा होता है।"

"कौन हो तुम लोग?" लेखक का माथा ठनका। वह सख्त

हो गया।

"तुम्हें बीच में पड़ने की जरूरत नहीं।"

"ज्यादा हेकड़ी मत छांटो और दफा हो जाओ यहां से।"

लेखक देहातियों के आगे आ गया और फिर चिल्लाया, "पुलिस, पुलिस!"

मुच्छल ने होंठों को गोल किया और कहा, "चोप्प!"

उसका हाथ लेखक का कॉलर पकड़ने के लिए बढ़ा।

देहातियों ने लेखक को पीछे खींच लिया।

"पुलिस पुलिस!" लेखक पुकार रहा था। दूर, डाक के बम्बे के पास उसे एक सिपाही नजर आया, किन्तु वह वहीं खड़ा था। जड़वत्।

थोड़े फासले पर कुछ मुसाफिर जमा हो गए थे और अनदेखा करते हुए से इस घटना को देख रहे थे।

मुच्छल के साथी देहातियों पर टूट पड़े थे। और उनकी तलाशी ले रहे थे।

लेखक का अपना-आप काबू में नहीं रहा। उसने कसकर एक लात मुच्छल के पेट पर जमाई, किन्तु तभी उसे और लोगों ने पकड़ लिया।

वह छटपटाने लगा।

मुच्छल ने तहमद की आंटी से एक ब्लेड निकाली। खामोशी के साथ उसे दायें हाथ की अंगुली के नाखून तले दबाया। फिर दांत दिखाकर बोला, "अपने ही खून का स्वाद चखो और फिर बतलाओ कि कैसा लगता है!"

उसने बिजली की सी फुर्ती से हाथ चमकाया।

कनपटी से लेकर होंठों तक लेखक के चेहरे पर एक लकीर तराश दी गई, ब्लेड से। खून छलछला आया।

लेखक ने चीर को महसूस किया, किन्तु उसे पीड़ा नहीं हुई।

उसका रोम-रोम जल रहा था। जलन अधिक तीव्र और त्रासपूर्ण थी।

तभी मल्लिनाथ दिखलाई दिया।

वह चौंका, कुछ परेशान हुआ, "ओह हो, तुम?"

मुच्छल एक कदम परे हट गया। मल्लिनाथ की अप्रत्याशित उपस्थिति ने उसे गड़बड़ी दिया। वह अपने सरदार के चेहरे के रूखे-कड़ियल भावों को पकड़ने की कोशिश कर रहा था और तनिक विचलित था।

"इसे उठाकर ले चलो। मैं तो सुबह से इसको तलाश रहा हूं।"

तुरन्त लेखक के मुंह पर कपड़ा डाल दिया गया। और, तब उसका शरीर हवा में उठ गया, अधर।

लेखक की जीभ पर अब अपने ही खून का स्वाद था।

वह बोलने के लिए तड़प रहा था, कुछ कहने के लिए—किन्तु होंठों पर एक संड़ासी जैसी हथेली कसी हुई थी।

"काजीपेठ वाली गाड़ी आ रही है।" उसने एक आवाज़सुनी।

शायद हांक लगाने वाला कोई कुली था।

—दिल्ली से आते हुए काजीपेट में गाड़ी बदलनी पड़ती है। नीलम्मा और गनेशी इसी गाड़ी में होंगे।

वह विकल हो उठा।

किन्तु तभी उसे एक जीप में पटक दिया गया था और कुछ लोग, उनके तन पर, सवारी गांठने के अन्दाज में चढ़ बैठे थे।

एक भरभराहट उसकी चेतना के तन्तुओं को काटने लगी।

"मल्लिनाथ ने भी कैसे-कैसे लोग रख छोड़े हैं, एकदम उजड्ड और बेशऊर! उन्हें अपने आदमियों की ही जानकारी नहीं।"

होश की पहली लहर के साथ ही लेखक ने जीनत का बनावटी तुनक बिखेरता हुआ स्वर सुना।

फिर खुली आंखों से उसका चेहरा देखा। वही कटार-सा चुस्त। और काई की तरह कांइया होकर पल-पल फिसलता–फुसलाता हुआ।

"ब्लेड की मार से खून बहुत बहता है। पट्टी बांधते-बांधते डाक्टर के हाथ भी तर हो गए। मैंने मल्लिनाथ को ऐसी फटकार पिलाई है कि—"

जीनत ने वाक्य पूरा करने की बजाय उसे झुककर चूम लिया।

एक गुदगुदा, गंधाता हुआ, भारी वक्ष। लेखक को सांस लेना कठिन हो गया। वह ऊपर से हटी तो राहत मिली। उजाला हुआ।

"लेकिन—तुम स्टेशन क्या करने गए थे? मैंने तुम्हें सब जगह ढूंढ़ मारा।...इस परेशानी की घड़ी में तुम्हीं मेरे सच्चे मित्र हो। औरों के तो अपने-अपने स्वार्थ हैं..."

फिर वह पोस्टर-किस्सा बयान करने लगी।

लेखक जिस बिस्तरे पर लेटा हुआ था, "वह मुलायम था—किन्तु अलपिनों से भरा हुआ। जिधर करवट बदलो, उधर ही असंख्य नोकें चुभने लगती थीं।

जीनत की नाक गुस्से में तोतई हो रही थी, सुर्ख सांस के साथ फुनकती हुई। रऊफ अंसारी, रऊफ अंसारी, रऊफ अंसारी...

स्टेशन पर नीलम्मा को कोई नहीं मिला होगा। लेखक व्यग्र हो उठा। उसने बुक कॉर्नर पर भाई से वायदा किया था कि वह उसे ले आएगा।

रऊफ अंसारी, रऊफ अंसारी, रऊफ अंसारी। जीनत दांत पीस रही थी। उसकी आंखों से आंसू बहने लगे थे, गाढे-गाढ़े

काजल में घुलकर। काले आंसू, काले आंसू, काले आंसू।

लेखक उठकर बैठ गया। उसके चेहरे पर पट्टी बंधी थी। हैलमेट की तरह।

जीनत उम्मीद कर रही थी कि वह उसके आंसू पोंछेगा। किन्तु उसने तिड़कते स्वर में कहा, "बेकार हैं ये आंसू! जीनत बेगम, तुम्हारा वक्त जा चुका।"

"तुम मुझे डरा रहे हो?"

"सच कह रहा हूं। रऊफ अंसारी का भी अन्त निकट आ पहुंचा।"

"उसकी लाश तो मैं गिद्धों से नोचवाऊंगी।"

"गिद्धों को गिद्धों का मांस बहुत प्रिय होता है।"

"तुम मुझपर खफा हो?" जीनत के स्वर से दुलार चूने लगा।

"सबसे ज्यादा अपने-आपपर।"

"मैंने कुछ नहीं किया—"

"आजकल मल्लिनाथ से तेल लगवा रही हो?"

"उस बेचारे का भी कसूर नहीं। गलती से तुम...चपेट में आ गए।"

"एक दिन सबसे बदला लिया जाएगा।...मैं नहीं तो कोई और लेगा। वह भी नहीं, तो कोई और।"

"तुम्हारे दिल पर गहरी चोट लगी है।"

"सदियां गुजर गईं, लेकिन वह चोट अच्छी नहीं हुई अभी तक।"

"तुम कैसी बातें कर रहे हो?" जीनत ने उसे पुचकारा।

"एक हद होती है और वह हद आ चुकी है।"

"मेरी खातिर...तुम्हें रऊफ अंसारी को सबक सिखाना होगा।"

"सिखाऊंगा।" लेखक ने स्वीकृति दी, "और तुम्हें भी।"

"मुझे तो तुम लिखना सिखला देना। फिर मैं तुम्हारी तरह कहानियां लिखा करूंगी।"

वह लेखक को चूमने लगी।

जाने कहां-कहां की पत्तलों से फेंकी गई झूठन ने उसके चेहरे को चुपड़ दिया।

"थूह!" लेखक ने पलंग के नीचे रखे पीकदान में थूका।

"क्या हुआ?"

"तुम कौन-सा दंतमंजन इस्तेमाल करती हो?"

"बात-बात में मजाक!" जीनत ने ठनका दिखलाया, "मैं तुम्हारी राय जानना चाहती हूं। इस रऊफ अंसारी का क्या करना चाहिए?"

"क्या करना चाहती हो?"

"पर्दाफाश...और वो भी तुम्हारी कलम से। नमक-मिर्च लगाकर।"

"उसने तुम्हारे बारे में जो पोस्टर छपवाया है, वह गलत है?"

जीनत हिचकिचाई, फिर धीमे से बोली, "नहीं।"

"ठंडा लोहा...गर्म लोहे को काटता है। कूटनीति से काम लो।"

एकाएक लेखक को लगा कि उसे भी कूटनीति से काम लेना चाहिए। सीधा हमला करने से ये लोग खत्म नहीं होंगे। इतना आसान नहीं है, सब कुछ। इनके पास धन की ताकत है—यानी, खरीद-फरोख्त की। उसमें दरारें डालनी होंगी, पहले। सोचना होगा कि कारगर उपाय और कारगर औजार!

जीनत सोच में डूबी हुई थी।

सहसा प्रसन्न होकर बोली, "तुम्हारे साथ का यही लाभ है, तुम

अच्छी सलाह देते हो।...मुझे उत्तेजित नहीं होना चाहिए। पोस्टर वाली बात तो चार दिन में ठंडी पड़ जाएगी। तब मैं मल्लिनाथ के जरिए, अंसारी तक, एक रास्ता बना सकती हूं। मेरे पास अपने गुर हैं और वे कभी नाकामयाब साबित नहीं हुए।"

"हां, हां, सीधे ऊपर चले जाओ।"

नींचे गुनवन्ती किसीले कह रही थी।

लेखक चादर ओढ़े लेट रहा था। जीने पर पदचाप सुनकर उसने मुंह उघाड़ा।

"नीलम्मा!" हर्षावेग से वह उछल पड़ा। उसकी नसें गरमा गईं। एक सुखद आंच से।

नीलम्मा पलंग की पाटी पर टिककर बैठ गई। सूनी-सूनी।

"चोट कैसी है?" वह उसके चेहरे को गौर से देख रही थी।

"कुछ नहीं, ठीक हो जाएगी।" लेखक इतना उत्तेजित था कि कुछ कह नहीं पा रहा था। नीलम्मा पर एक दृष्टि डालकर वह फर्श को घूरने लगा, "मैं कल बुक कॉर्नर गया था। कोई नहीं मिला। न भाई, न तुम।"

पहली बार नीलम्मा के लिए 'तुम' निकला, लेखक के मुंह से। किन्तु उसे पछतावा नहीं...रोमांच-सा हुआ।

"हां, हम दोनों ही नहीं थे।" नीलम्मा की आवाज में बहुत कुछ घुला हुआ था।

"चोट के बारे में किसने बतलाया?"

"मेरे साथ काम करने वाले...दो जने, उस समय स्टेशन पर मौजूद थे। वे आपको पहचानते हैं। भाई ने भी उनको बतला दिया था। उन्होंने ही मुझे खबर दी।"

"यह मकान खोजने में दिक्कत तो नहीं हुई?"

"नहीं, गनेशी दूर से दरवाजा दिखलाकर लौट गया।"

लेखक आशा कर रहा था कि नीलम्मा उसे वेंकटय्या के सम्बन्ध में कुछ बतलाएगी। अपनी ओर से पूछने में उसे 'भय' लग रहा था। एक ऐसा डर, जो अपनापे की रक्तिमा से उत्पन्न हो जाता है। वेंकटय्या! उसने एक आह भरी।

किन्तु नीलम्मा चुप थी। उसका मुख निर्दोष था। अविचलित।

"वह क्या है?..." जब चुप्पी गाढ़ी पड़ने लगी तो नीलम्मा ने कोने की ओर इशारा किया। फिर कुछ सोचकर खुद ही बोली, "हां, गनेशी बोल रहा था...आप मूर्तियां बनाते हैं।"

"वह मूर्ति नहीं, कहानी है।"

"कहानी?" नीलम्मा जैसे जागृत हो उठी, उसके 'परिवेश' में।

"मैं उसे गढ़ रहा हूं अभी। फिर लिखूंगा। वैसे...यह भी लिखना है।"

नीलम्मा उठकर मिट्टी की मूर्ति के पास गई। उसे एकटक देखने लगी।

"यह किसकी कहानी है?"

"मेरी स्त्रियों की।"

"क्या आप उन स्त्रियों को जानते हैं, ठीक-ठीक?"

यह प्रश्न नीलम्मा की ओर से था। लेखक एकदम उत्तर न दे सका।

"मुझे मालूम है, आपकी स्त्रियां कहां हैं? लेकिन, आपने उन्हें अभी तक देखा भी नहीं है।"

"मेरी स्त्रियां!" लेखक विस्मित था।

"हां, आपकी स्त्रियां।...अगर लेखक के संसार में सच्ची

और सुन्दर और असली स्त्रियां हों तो वह उन्हींके अनुरूप बन जाता है। वह देखता है कि दुनिया का जन्म किस खूबसूरती से हुआ है और वह खूबसूरती, कितनी दूर तक जाती है! यहां तक कि मृत्यु भी उस खूबसूरती का अंग बन जाती है।" नीलम्मा की आंखें सितारों की तरह जगमगाने लगीं, "एक दिन...मैं आपको उन स्त्रियों के पास ले चलूंगी!"

लेखक दिन-रात एक दुःस्वप्न जी रहा था।

जागते हुए। सोते हुए। चलते हुए। बैठे हुए। बोलते हुए। चुप रहते हुए।

एक काल-कोठरी थी।

उसमें वेंकटय्या था। फांसी की प्रतीक्षा करता हुआ।...और, लेखक हर समय उसे देखते रहने की भयंकर पीड़ा से गुजर रहा था।

यह दृश्य उसकी कल्पना से हटता ही नहीं था।

वह दौड़-दौड़कर नीलम्मा के पास जाता था। उसे वहां शान्ति मिलती थी। किन्तु अकेला होने पर जब वह उस 'शान्ति' को याद करता था, तो कराह उठता था।

नीलम्मा उसी तरह संतुलित थी, उसी तरह व्यवस्थित।

लेखक ने उसे कभी अशान्त नहीं पाया। वह काम में लगी रहती थी, दुकान के। बीच-बीच में कहीं चली जाती थी। इस प्रकार, अचानक उसके अनुपस्थित हो जाने को लेखक ने स्वीकार कर लिया था।

भाई से अवश्य लेखक ने एक बार यह पूछने का साहस जुटाया था, "क्या वेंकटय्या के जीवन को बचाने के लिए कुछ किया जा सकता है?"

"क्या किया जा सकता है!" भाई का स्वर कांप उठा। फिर उन्होंने अपने को स्थिर किया, "नीलम्मा से कहा है उसने—मेरे लिए कुछ भी करना वक्त की बरबादी है, इसलिए वही करो, जो हमारा लक्ष्य है।"

लेखक ईश्वर को नहीं मानता था।

किन्तु, वह वेंकटय्या के लिए चुपचाप दुआएं मांगता था। पता नहीं, किससे? उसके सामने कुछ स्पष्ट नहीं था। वह एक धुंधलके में अरण्यरोदन कर रहा था।

एक दिन गनेशी स्कूल आया। वह बरामदे में खंभे के पीछे खड़ा था। लेखक ज्योंही क्लास लेकर निकला, वह पास आ गया।

"दीदी ने बुलाया है।" उसने एकान्त पाकर कहा।

"अभी?" लेखक ने स्टाफ-रूम की मेज पर रजिस्टर पटक दिया। वह नीलम्मा के लिए सब कुछ छोड़ने को तैयार था, तुरन्त।

"नहीं, शाम को। पांच बजे। उसी कब्रिस्तान में।"

लेखक ने घड़ी देखी। एक बजने वाला था।

गनेशी तो चला गया, किन्तु उसके लिए चार घंटे गुजारना दूभर हो गया।

किसी तरह टुकड़ा-टुकड़ा समय व्यतीत कर वह मिलनस्थल पर पहुंचा।

छतरीनुमा मकबरे के खण्डहर के पीछे झाड़ियों का एक झुरमुट था। वे नौ जने थे। नीलम्मा और गनेशी पास-पास बैठे थे, अन्य सातों से लेखक का परिचय नहीं था।

"आइए!" नीलम्मा ने मुसकराकर कहा, "आप वक्त के बड़े पाबन्द हैं।"

सूर्यास्त की छायाओं ने कब्रगाह पर आधिपत्य जमाना आरम्भ

कर दिया था। पेड़ पक्षियों से चहचहा रहे थे। हवा में उनकी आवाजें बारीक धागों की तरह उलझ गई थीं।"

"प्रेस-कम्पोजीटरों की यूनियन ने एक पाक्षिक पत्र निकालने का फैसला किया। एक सैकिंड-हैंड मशीन का जुगाड़ भी उन्होंने कर लिया है। ग्राहक बनाए जा रहे हैं। साथियों का अनुमान है कि शुरू में दस हजार लोगों से सालाना चन्दा मिल जाएगा।...किन्तु मुख्य बात यह है कि हम आपकी मदद चाहते हैं..."

"मुझे जो भी काम सौंपा जाएगा, जी-जान लगाकर करूंगा। आप लोग कहेंगे तो मैं स्कूल की नौकरी छोड़ दूंगा।"

"क्या आप व्यवस्था और रीति-नीति का जिम्मा उठाना चाहेंगे?" एक व्यक्ति ने पूछा।

"मुझे तेलुगु कम आती है..."

"हमें एक अच्छा, कुशल मैनेजर चाहिए।" नीलम्मा ने उसे संकोच से उबारते हुए कहा, "किन्तु सम्पादकीय पक्ष में भी हम आपसे बराबर वैचारिक सहयोग चाहेंगे।"

"मैं तैयार हूं।" लेखक ने पुख्तापन से कहा।

"दो-एक रोज में नीलम्मा आपसे सारी स्थिति पर बात करेगी।" उसी व्यक्ति ने कहा। फिर उसका स्वर विनम्र हो गया, "अब आप जा सकते हैं।...हम अभी कुछ देर और यहां रुकेंगे।"

"आप बुरा तो नहीं मानेंगे?" नीलम्मा खड़ी हो गई।

"बिल्कुल नहीं।" लेखक ने हाथ हिलाया। वह विभोर था। और दायित्व की भावना से सम्पृक्त।

नीलम्मा कुछ देर तक उसके साथ चली।

"आपने हमारा बहुत बड़ा बोझ हल्का कर दिया है।" उसने आभार प्रकट करते हुए कहा, "अब हम दुगने जोश से इस काम

को अंजाम देंगे।"

लेखक की व्यस्तता बढ़ गई थी।

हैदराबाद में जहां-जहां उनके 'ठिकाने' थे, नीलम्मा उसे सब जगह ले गई। वक्त उड़ा जा रहा था। और, लेखक ने उसकी तेज उड़ान को महसूस किया।

वह उड़ान उसे अच्छी लग रही थी।

वह कुछ कर रहा था।

उसे करने में सार्थकता का गहन सन्तोष था और आत्माभिमान भी।

लेखक ने पाया कि तमाम दबे-कुचले लोगों के पास वह अभिमान एक अकूत खजाने की तरह था। प्रायः बाहर, उसकी दीप्ति नजर नहीं आती थी क्योंकि उन्होंने उसे अपने अन्तर्कक्ष में संभालकर रख छोड़ा था, जैसे हवाई थपेड़ों से बचाने के लिए दीये की लौ को हथेलियों की कुप्पी से ढंक दिया जाता है।...

हैदराबाद उसे नया-नया लग रहा था।

उसकी गलियां, उसके मुहल्ले, उसका जागरण, उसकी तम-तमाहटें।

वह उन सबको अपने प्राणों में बसा लेना चाहता था।

उसके अन्तर्विरोध मिट रहे थे। वह झाड़ू लेकर जाले साफ कर रहा था। अभी तक उसने दूसरों के अन्याय और दबाव का ही अनुभव किया था—विरोध न कर पाने की एक गिलगिलाहट भरी कातरता के साथ। किन्तु अब, वह अपने अस्तित्व की भूख को चीन्ह रहा था। उसकी प्यास को। उसकी शक्ति को। उस सामूहिक जन्मक्षेत्र को, जहां वह पैदा होती थी, उपजती थी, बड़ी होती थी और फैलती थी।

लेखक ने स्कूल से इस्तीफा दे दिया, हालांकि नीलम्मा ने रोका। उसने कुछ समय और ठहर जाने के लिए कहा। पर, लेखक समझ गया था कि वह 'ठहराव' उसे हानि पहुंचाएगा, रफ्तार को धीमी करेगा और छूटी हुई गन्दगी में झांक भर आने के लिए उकसाएगा।

वह जिन्दा रहने के बहम में तिल-तिल मरना नहीं चाहता था। उसने मौत की मांद में जीने और जिन्दगी को एक-एक पल का हिसाब देने का रास्ता अख्तियार कर लिया था। बराबर धूप में घूमने-फिरने से उसकी चमड़ी का रंग स्याह पड़ गया था, किन्तु वह खुश था उस रंग से और स्वस्थ!

नीलम्मा उसे तेलंगी औरतों के बाड़े में ले गई।

भेड़-बकरियों की तरह वे वहां ठसी हुई थीं। गत्ते के खोखों की तरह संकरी-भिड़ी कोठड़ियां। पैर फैलाने तक को जगह नहीं। तिमंजिला मकान था वह।

एक-एक कोठड़ी में तीन-चार औरतों की धंसमसान।

दीनता और फटेहाली की ठंडी क्रूर नुमाइश।

उस बाड़े का एक मालिक था। उस मालिक का एक मुनीम। कटखना। घुंच्चा-घुंच्चा।

जिन्हें अपने घरों में महरी की जरूरत होती थी, वे बाड़े में आते थे। मुनीम से सौदा होता था। वह 'चौथ' लेकर बाड़े में हांक लगाता था।

औरतें उस हांक को सुनते ही दौड़कर बीच के तल्ले में जमा हो जाती थीं।

"सुन्दर, गठे हुए बदन वाली लड़कियों को 'चुन' लिया जाता था।

उन्हें नौकरी दे दी जाती थी।

हाड़-तोड़ काम घर का। दो जून के लिए मोटा भात। रात को

सोने के लिए जगह।

कहने को नौकरानियां, किन्तु दासियों से भी बदतर हालत।

परिवार के सभी पुरुषों के लिए वे खूंटे में बंधी हुई रखैलें होती थीं। ना-नुच करने पर मारपीट। चोरी-चपाटी का झूठा इल्जाम। कोतवाली में हाजतबन्दी। और, फिर वही भुखमरी। ऐसी 'ख्याति' वाली औरतों को मुनीम दुबारा बाड़े में नहीं घुसने देता था।

किन्तु, ठीक-ठाक रहने और सारी गलाजत चुपचाप सहने के बावजूद, उन्हें साल-डेढ़ साल में लौटना ही पड़ता था, बाड़े में। पेट में भार और धोती की पुटल्ली में कुछ रुपये लेकर। उन रुपयों से दवा-दारू होती थी। भार को निकासी देकर घूरे पर फेंक दिया जाता था। कुछ रोज की अलटा-पलटी के बाद, फिर वही सिलसिला। वही हांक। वही भागा-दौड़ी। वही छंटाई। वैसे ही लोग। वैसा ही खटना-कटना।

एक सैलानी पत्रकार ने लंदन के एक समाचार-पत्र में लिखा था—हैदराबाद की विशेषता? संसार में भ्रूण-हत्याओं की सबसे बड़ी और सुनियोजित प्रदर्शनी, हर कचरापेटी 'फुल'।

बाड़े से बाहर आते हुए लेखक ने एक स्त्री को जोर-जोर से उबकाइयां लेते और कै करते देखा।

वह हांफ रही थी और चिल्ला रही थी, "ओ मां, ओ मां! मैं मर गई। अरे, कोई मुनीम को बुलाओ। एक हफ्ता बीत गया...मेरी दवा नहीं आई...यह पाप कैसे बाहर निकलेगा? ओ मां!"

लेखक से देखा नहीं गया। उसकी आंतें उलटने लगीं। श्वासनली में अंगारे उभर आए।

तभी एक अधेड़ औरत ने चबूतरे से कूदकर उसके पांव पकड़ लिए, "मुझे ले चलो। देखो, मैं जवान हूं। मैंने चार रोज से कुछ

नहीं खाया। मैं तुम्हें खुश्श रखूंगी। जरा इधर हाथ लगाओ, कैसी फुल्ली-फुल्ली हैं मेरी छातियां... ।"

उसके बाल बिखरे हुए थे। आंखें गड्ढों में धंस गई थीं। पीले दांत क्टि-क्टि कर रहे थे। उसके हाथ ज्वर से तप रहे थे।

किन्तु...नीलम्मा पर निगाह पड़ते ही औरत परे हट गई, सहमकर। उसका चेहरा उदास हो गया। आवाज पर ताला पड़ गया।

लेखक भारी मन से आगे बढ़ चला।

—ये हैं मेरी स्त्रियां...इस दशा में! और मैं कहीं और ढूंढ़ रहा था...

उसकी मुट्ठियां बंध गई। सासों में लपटें लहरने लगीं।

७

नीलम्मा को निजामाबाद की बस में बिठलाकर लेखक सालारजंग संग्रहालय के पास वाले चायघर में चला आया। वहां उसने कुछ कार्यकर्ताओं को समय दे रखा था। वे बड़ी-मजदूर संगठन से सम्बन्धित थे।

खेतिहर हरिजनों पर अत्याचारों और ज्यादतियों की कुछ सूचनाएं नीलम्मा को गुप्त स्रोत से मिली थीं। उसने तुरन्त दौरे पर निकल पड़ने का निर्णय कर लिया। 'अपने' लोगों को इत्तला दे दी गई।

तय हुआ कि गनेशी साथ जाएगा और यदि स्थिति नियंत्रण में रही तो अढ़ाई-तीन सप्ताह बाद नीलम्मा लौट आएगी। तब उसे तेलुगु पाक्षिक पत्र के सम्पादन का कार्य संभालना था। उसकी

वापसी तक लेखक प्रेस, कागज, वितरण आदि से जुड़े हुए प्रबन्ध-पक्ष को ठीक कर लेना चाहता था। विभिन्न यूनियनों से उसे भरपूर मदद मिल रही थी।

साधारण चायघर था।

पंद्रह-सोलह जने एकसाथ बैठ सकते थे।

जंग-लगे लोहे की चमर-चमर करती हुई कुर्सियां और काठ की दाग-दगीली मेजें। चाय के साथ भुजिए और नमकीन गांठिए मिल जाते थे।

दरवाजे में जड़े आधे शीशे से झांककर मदनलाल दाखिल हुए।

"आप तो ईद के चांद हो गए।"

वह सुपारी चुबला रहा था और नाक कुरेद रहा था।

"आपको मुझसे क्या काम है?" लेखक का स्वर रूखा और घृणापूर्ण था।

"बहुत जरूरी। कान्फिडेंशियल।...जरा बाहर चलिए।"

"यहीं उगल दीजिए, जो उगलना है।"

"ऐसे मत बोलिए।...चीनू इन्तजार कर रहा है आपका। वह अपने व्यवहार पर बेहद शर्मिन्दा है। उसे अन्दर आने में झिझक—"

"ठीक है, चलिए।" लेखक कुर्सी खिसकाकर खड़ा हो गया। ...चीनू और अन्ना के नाम से उसका दिल टीसने लगता था।

फुटपाथ पर चीनू को देखते ही वह गर्म जोशी के साथ बोला, "कैसे हो चीनू?"

चीनू खिसिया-सा गया।

लेखक ने देखा, इधर उसकी सेहत बढ़िया हो गई थी। तंग मोहरी की पतलून, नये फैशन की रोंयेदार बनियान और कमर पर चमचमाता हुआ बेल्ट। बांहों की मछलियां उछल रही थीं और

गर्दन गाढ़ी पड़ गई थी।

"आप चीनू का भविष्य बना सकते हैं।" मदनलाल अपनी उसी सीत्कारती हुई आवाज में बोला, "बस आपको एक बार रऊफ अंसारी से बोलना होगा।"

"अंसारी से मेरी कोई वाकफियत नहीं।"

"लेकिन वो तो खूब जानते और मानते हैं आपको।...बात यह हैं कि चिन्मय अब्रोड जाना चाहता है। अंपारी साहब उसे स्कॉलरशिप दिलवा सकते हैं, किन्तु उन्होंने शर्त रखी है कि आप...जीनत बेगम के बारे में कुछ सीक्रेट्स उन्हें बतलाएं..."

"आप हमेशा खुराफातें ही करते हैं..." लेखक ने मदनलाल को तिरस्कारपूर्ण दृष्टि से घूर दिया।

"मैं अंसारी साहब का लीगल एडवाइजर हू, आई मीन...वन ऑव देम।"

"मैं इस देश से नफरत करता हूं। मैं यहां से जाना चाहता हूं। मैं फिर कभी लौटकर हिन्दुस्तान नहीं आऊंगा..." चीनू बुदबुदाया।

"मदनलाल की भी यही ख्वाहिश है कि तुम अन्ना को बेसहारा बनाकर उसके हवाले कर दो।" लेखक चीनू को पकड़कर दूर ले गया, "तुम्हारे मन में नफरत भी उसीने पैदा की है।...जहां तक नीरा का मामला है, तुम्हारा सलेक्शन ठीक नहीं था। वह इतनी रपटीली और उलझीली है कि तुम्हारी कोमल भावनाओं के साथ उसका कोई मेल नहीं बैठ सकता था।"

"यदि आपका कोई हर्ज नहीं हो रहा हो तो आप अंसारी साहब से मेरी सिफारिश कर दीजिए॥" चीनू के स्वर में अनुनय था।

"मेरा उससे कोई वास्ता नहीं। मदनलाल उसका कानूनी

सलाहकार है, वही क्यों नहीं—"

"यदि आप अंसारी साहब को जीनत बेगम के बारे में कुछ तथ्य दे दें—"

"चीनू; तुम बेवकूफ हो! यह अंसारी की एक चाल है।"

"क्या आप डॉ० शेषाचारी को जानते हैं?"

"हां, एक दफा मिला हूं उससे।"

"उसने ताकत के नाम पर नवाब को जहर के इंजेक्शन दिए हैं और यह सब जीनत के इशारे पर हुआ है। नवाब मर रहा है।..."

लेखक के होंठों पर एक तल्ख मुसकराहट खिंच गई, "वेंकटय्या को फांसी होने से पहले ही वह मर जाएगा।...उसका यही हश्र होना था। यह जरूरी था।"

"उसकी जबान बन्द हो चुकी है। आखिरी घड़ियां हैं।... जीनत बेगम उसकी जायदाद पर कब्जा जमाने के लिए हाथ-पैर मार रही है, किन्तु नवाब की दूसरी बीवियों को अंसारी साहब तोड़ रहे हैं। उन्हें कामयाबी मिल जाएगी। लेकिन वो चाहते हैं कि आप..."

"देखो, चीनू पहली बात तो यह कि मैं तुम्हारे विदेश जाने के पक्ष में नहीं हूं। यहीं रहो। संघर्ष करो। जिन्दगी के दर्द को समझो।" लेखक के भीतर कहीं कोई ऊहापोह नहीं था। उसकी आवाज कलफ लगे धागे की तरह करारी थी, "दूसरे मेरे लिए अंसारी-जीनत-नवाब-शेषाचारी सब बराबर हैं। मैं उनके जाल में नहीं फंसूंगा। तुम्हें उनसे कभी कुछ नहीं मिलेगा। वे हत्यारे हैं—किसी को एकदम मार डालते हैं, किसी को धीरे-धीरे!"

मदनलाल पास आ गया था। याचना करता हुआ बोला, "एक बार मिल लेने में क्या बुराई है? अंसारी साहब इतने बड़े आदमी हैं..."

"मैं नहीं मिलूंगा।" लेखक गरम हो उठा, "आप जाइए यहां से, नहीं तो—"

मदनलाल सिटपिटाकर रवाना हो गया। चीनू भी चल पड़ा।

मेरी बातों पर सोचना और जरूरत समझो तो, फिर मिलना।" लेखक ने जोर से कहा।

चीनू ने खोए-खोए ढंग से एक बार मुड़कर देखा, फिर उसी तरह पथरगट्टी की ओर ओझल हो गया।

लेखक पुनः चायघर में जाकर बैठ गया। तम्बाकू-कारखाने की यूनियन के लोगों के आने का वक्त हो गया था। वह एक कप चाय मंगवाने वाला था, किन्तु रुक गया। बाद में, सब साथ ही पिएंगे!

"पर निकलने लग गए चींटे के।"

मल्लिनाथ रेड्डी सामने आकर खड़ा हो गया।

वह आंखों से गोलियां दाग रहा था, जैसे। पांव से एक कुर्सी को भड़भड़ाकर उसने सीधा किया, फिर धच्च से बैठ गया।

"नेतागिरी का शौक चने लगा है मास्टर को।"

लेखक तैयार हो गया।

उसने मल्लिनाथ के चेहरे पर नजरें कील दीं, "लड़ने आए हो?"

"तुम लड़ोगे मुझसे? एक धौल में हग दोगे यहीं। भूल गए नामपल्ली स्टेशन वाला ऑपरेशन?" मल्लिनाथ ने तेज सांस छोड़ी, "वो वकील का बच्चा क्या कह रहा था तुझसे?"

"तुम्हारा सिर काटकर चारमीनार पर टांग देने का ऐलान कर

रहा था।" लेखक को छेड़ सूझी। एक सख्त छेड़।

"वो मादर—" मल्लिनाथ ने एक तगड़ी बौछार की, गालियों की। उसका चेहरा बाल्टी के औंधे पैंदे की तरह हो गया। गच्चा खाया हुआ। पर, तभी उसका भाव बदलने लगा, काफी वक्त हो गया, जीनत बेगम से नहीं मिले तुम?"

"उसके चाकर तुम हो, मैं नहीं।"

"तमीज से पेश आओ।...तुम्हें जीनत बेगम के यहां आवाजाही रखनी चाहिए। हालांकि, वीकली पेपर निकालने की बात अभी छोड़ दी गई है। नवाब साहब की तबीयत इधर ठीक नहीं रहती है। एक रोज हाल पूछने ही चले जाओ।"

"क्या हो गया है नवाब को?"

"लकवा मार गया है।"

"अफवाह तो कुछ और ही है।"

"मदनलाल कह रहा था कुछ?" मल्लिनाथ गुर्राया, "लगता है, यमराज के यहां से उसका बुलावा आ गया है।"

यूनियन के तीन आदमी अन्दर आए। किन्तु लेखक को मल्लिनाथ से बातें करते देखकर दूर बैठ गए

"जीनत बेगम सेण्टर तक चली गई है।"

लेखक को याद आया, उसने एक अंग्रेजी दैनिक में जीनत का फोटो देखा था, कुछ रोज पहले। वह एक केन्द्रीय मंत्री के साथ थी। परिवार-नियोजन केन्द्र के उद्घाटन का दृश्य था।

"रऊफ अंसारी की तो एक दिन वो धुनाई होगी कि...देख लेना!"

"कौन करेगा?"

"मैं...मैं—मल्लिनाथ!" उसने अपनी छाती ठोंकी।

"तो जाओ, कर दो। यहां बैठे-बैठे क्यों पिदक रहे हो!"

"वेंकटय्या वाली मैना से बड़ी दोस्ती हो गई है तुम्हारी!" कुछ

सोचते हुए मल्लिनाथ ने उसकी ओर गुरेरकर देखा, "नक्सली है वो?"

"नहीं, बिल्कुल नहीं।" एकाएक लेखक को लगा कि इस मकोड़े को सफाई देने की क्या जरूरत है। उसने कहा, "तुम तो टकसालवादी हो।"

"वेंकटय्या को फांसी की सज़ा हो गई है।"

"वेंकटय्या को नहीं, नब्बे प्रतिशत हिन्दुस्तान को। वह अन्याय के सशक्त प्रतिकार का प्रतीक है! लेकिन छोड़ो, तुम्हारे जैसे टुक्कड़खोरों के लिए इसके कुछ मायने नहीं।"

"तुम्म...छिपकली की औलाद, मुझे टुक्कड़खोर कहते हो!"

मल्लिनाथ के नथूने फूल गए। गंदले मैल के बुलबुलों की तरह।

"उसने मेज़ के नीचे लेखक के घुटनों पर ठोकर मारी। वह क्रुद्ध हो उठा था। पर, अकस्मात् लेखक का हाथ हवा में उठा और मल्लिनाथ का जबड़ा उसके गुद्दे की मार से झुक गया।

"चायघर में खलबली मच गई। हें-हें की आवाज़ें हिन्ना उठीं।"

मल्लिनाथ ने रिवाल्वर निकाल लिया, पैंट की जेब से।

किन्तु, बाज की तरह पीछे से झपटकर यूनियन के लोग उसपर टूट पड़े रिवाल्वर छीन लिया गया। घूंसे बरसने लगे। धड़ाधड़ लातें चलने लगीं। कुर्सी-मेज़ों की खड़भड़ाहट में कुछ सुनाई न दिया।

मल्लिनाथ उल्टे मुंह फर्श पर पड़ा था और उसका चेहरा खून से तर था।

लेखक ने दोनों हाथों से उसके बाल पकड़े। घसीटता हुआ चायघर के बाहर ले आया, फुटपाथ पर। उसके थोबड़े को ऊपर

उठा दिया। फिर जोर से बोला, "देख लो, यह गुंडा है मल्लिनाथ! तुम इसे जानते हो न?"

भीड़ जमा हो गई। लोग दुकानें छोड़-छोड़कर आ खड़े हुए। आनन-फानन।

"यह दिन-दहाड़े लूटमार करता है, बेकसूरों पर जुल्म ढाता है, औरतों की इज्जत पर हाथ डालता है और तुम देखते रहते हो— बर्दाश्त कर जाते हो? क्यों? क्या इसे टुंडा नहीं किया जा सकता? यह दान्ना है?"

लेखक ने एक धक्का दिया तो मल्लिनाथ सड़क-किनारे की नाली के ढक्कन पर ढह पड़ा।

"सोचो, ये भेड़िए कहां से आते हैं? इन्हें कौन पालता है? और, क्यों पालता है?"

वे चले गए। लेखक और उसके साथ के लोग।

फिर पुलिस की जीप आई। फिर एक सफेद कार। फिर कुछ मोटर-साइकिलें और स्कूटर। उन जाने-माने खुंखार चेहरों को देखकर भीड़ बिखर गई।

सफेद कार मल्लिनाथ को ले गई।

लेखक की तलाश होने लगी। और, आजू-बाजू की गलियों में सीटियां गूंज उठीं। गाड़ियां दौड़ पड़ीं। एक सरगर्मी। एक तनाव। एक कवायद। एक दिखावा।

परन्तु लेखक वहां से जा चुका था।

वह सुरक्षित था। अपने लोगों के बीच। अपने लोगों के साथ।

गोबर-माटी के दो कच्चे कोठे थे, संदूकनुमा। जुड़वां भाइयों की तरह एक-से ढंग-ढार वाले। पिछवाड़े सब खुला-

खुला था।

"एक खुबड़ीला मैदान। झाड़ियां। पेड़। हाथियों की भांति खड़ी-पड़ी हुई कुछ चट्टानें और जलाशय की गन्ध।

लेखक एक कोठे में बंद था और उस गन्ध को महसूस कर ताजा-ताजा हो लेता था।

हैदराबाद का वह कौन-सा इलाका था, उसे मालूम नहीं था।

वक्त का तकाजा था। साथियों ने उसे वहां छुपा दिया था। कहा गया था जोर देकर, कि छुपे रहना जरूरी है।

वे लोग भी पुलिस और 'सज्जनों की निगाह से बच-बचकर निकल रहे थे।

लेखक के शाहअली बंडा वाले कमरे पर छापा मारा गया था। पोथीपत्तर और सामान कोतवाली पहुंच गया था।

उससे कोई फर्क नहीं पड़ता था, क्योंकि लेखक तो खुद ही अपना सामान था। अलबत्ता, उसे कहानी का स्मरण हो आता था। वह मिट्टी की मूर्ति गें आकार ले रही थी:

किन्तु अब उसके पास समय ही समय था।

करने के लिए केवल दो काम थे। कहानी लिखना। और, जमना से हल्की-फुल्की गप-शप लगाना।

यह दुकोठा घर जमना का ही था।

जमना बीमार थी। उम्र पचास के आसपास, पर काया झर चुकी थी और चलने-फिरने में भी उसे तकलीफ होती थी।

वह दूसरे कोठे मे चारपाई पर पड़ी खांसती रहती थी।

लेखक कहानी लिखता था, तो वह बलगम में भर्राती हुई खांसी उसकी पक्तियों के बीच फंस जाती थी और देर तक निकलती नहीं थी।

इसी तरह कई दिन बीत गए। आशा-दिलासा में।

रात के अंधेरे में साथी आते थे और उनसे कुछ खबरें मालूम हो जाती थीं। टुकड़ों-टुकड़ों में।

जिस स्कूल में लेखक काम किया करता था, उसके प्रिंसिपल को पुलिस पकड़ ले गई थी।

कहा जा रहा था कि लेखक एक विदेशी गुप्तचर संस्था का एजेण्ट है और एक लम्बे अरसे से आन्ध्रप्रदेश में सक्रिय है।

भीरचन्द, गुनवन्ती और अन्नपूर्णा को भी हिरासत में ले लिया गया था, किन्तु बाद में पूछताछ से संतुष्ट होकर छोड़ दिया गया।

दो प्रूफ-रीडरों की गिरफ्तारी हुई थी। लेखक के साथ उनका मेल-जोल था। यह मानकर।

दिल्ली के अखबारों में बुद्धिजीवियों, साहित्यकारों और कलाकारों का एक वक्तव्य प्रकाशित हुआ था, जिसमें वेंकटय्या के मृत्युदंड का विरोध किया गया था।

खेत-मजदूर तेजी से संगठित हो रहे थे। विधानसभा का सत्र शुरू होते ही हैदराबाद में विराट् प्रदर्शन करने की तैयारियां चल रही थीं। वे अलग-अलग जगहों से पैदल कूच कर राजधानी पहुंचने वाले थे।

बड़े काश्तकारों के छक्के छूटे हुए थे। कुछ स्थानों पर पुलिस की मदद से आतंक फैलाने की कार्यवाही हुई थी, किन्तु जन-आन्दोलन भड़क उठने और थानों को घेर लिए जाने की घटनाओं ने उनके हौसले पस्त कर दिए थे।

"जिसका हल पर हाथ खेत उसीके साथ" नारे से शासन घबराया हुआ था। 'प्रदर्शन' के दिन विभिन्न यूनियनें सहयोग के लिए प्रतिबद्ध थीं और 'आन्ध्र बन्द' के लिए मोर्चा बन रहा था। किन्तु...नीलम्मा के बारे में लेखक को कभी कुछ नहीं बतलाया जाता था। वह पूछता था और चुप्पी साध ली जाती थी। साथियों के मौन रहने वाले 'स्वभाव' से वह परिचित था, किन्तु अब उसे

खींज होने लगी थी। सिर्फ उसीको नहीं छुपाकर रखा। गया था, उससे भी बहुत-कुछ छुपाया जा रहा था।...

भाई आए थे।

कोठे में मोमबत्ती का पीला-पीला उजाला और विकलता का दबाव।

बाहर घुट-घुटा अन्धकार था। कोई चहेती आवाज नहीं।

उधर से जमना की खर-खर-सांस सुनाई दे रही थी।

लेखक ने भाई को सदा 'बुक कॉर्नर' के भीतर ही देखा था। कोठे में खड़े हुए वह बहुत ऊंचे कद के लग रहे थे।

"इस तरह कब तक चलेगा?"

लेखक की अधीरता बह, आई होंठों के कोनों पर।

"इसमें कुछ किताब हैं, बंगला की। नई आई है।"

भाई ने एक बंडल उसे थमा दिया।

"लेकिन, मैं यों बन्द-बन्द नहीं रह सकता। कितना-कुछ करना है—"

"मैं जमना को लेने आया हूं। उसे अस्पताल में दाखिल करवाना है। बाहर रिक्शा है।"

"नीलम्मा कहां है?"

"वह कल सवेरे यहां पहुंच जाएगी। घाव भर गए हैं—"

"घाव? कैसे घाव?" लेखक व्याकुल हो उठा। उसने भाई का हाथ थाम लिया।

"आपको किसीने नहीं कहा?"

भाई उसे हैरानी से देख रहे थे। कुख रुककर वह बोले, "मेदक में किसी ने नीलम्मा पर तेजाब फेंक दिया।"

"तेजाऽब—" लेखक को गश-सा आ गया।

"चेहरा, गर्दन और हाथ जल गए।...लेकिन अब वह काफी ठीक है। इस बीच मैं दो बार मेदक गया था।"

भाई को जल्दी थी।

वह जमना को लेकर चले गए।

रिक्शा के पहियों की खड़-खड़ दूर होती गई। फिर सन्नाटा व्याप्त गया।

"मल्लिनाथ की पिटाई हो जाने से बहुत अच्छा हुआ। उसने एक खौफ़ फैला रखा था। ऐसा दबदबा, कि हमारी यूनियनों के लोग भी कुछ करते हुए हिचकते थे। ज्योंही यह चर्चा उठी कि पथरगट्टी में मल्लिनाथ के अंजर-पंजर खोल दिए गए हैं, सारी दहशत फट गई।"

नीलम्मा हंस रही थी। गालों पर, गलेपर, कलाइयों और हथेलियों पर कच्चे खुरंड-भरे जख्मों के बावजूद उसकी आवाज में वही दृढ़ता थी। अलबत्ता, उसमें हंसी की छलक और मिल गई थी।

लेखक उसे देख रहा था। दुःख और गर्व से। वह कुछ कह नहीं पा रहा था। उसे मालूम था, नीलम्मा एक ऐसी स्त्री है, जिसके घावों को शब्दों के मरहम की जरूरत ही नहीं।

"यहां रहते-रहते आप तंग आ गए होंगे।" नीलम्मा ने कोठे में इधर-उधर निगाह डाली, "यह जगह ऐसी है कि शक-सन्देह से एकदम परे! अब मैं भी यहीं रहूंगी। रह सकती हूं?"

"कहीं कोई ऐसी स्त्री है, जो बहुत सुन्दर है—एक अदभुत सौंदर्य, साहस का—समझ का और अब, मैं तुम्हें देख रहा हूं! पहले मैं सिर्फ सोचा करता था और आह भरता था। किन्तु आज...मेरा आश्चर्य ही सबसे अधिक विश्वसनीय है!" लेखक की आंखें सजल हो उठीं। उसके भीतर अनेक निर्मल सोते फुट

पड़े।

"जमना मेरे लिए अपना कोठा खाली कर गई है।...आपने जमना से बातें कीं?"

"वह बहुत कम बोलती थी, मेरे साथ। फिर भी..."

"वह मादिगा जात की है। यानी, अछूत। गांवों से बाहर इनके अलग घर होते हैं, जिन्हें गूडिम बोला जाता है। जात में जो लड़कियां शक्ल-सूरत से ठीक होती हैं, उन्हें वेश्या बना दिया जाता है। जमना जिन्दगी भर पेशा करती रही। एक दलाल के साथ हैदराबाद आ गई। एक लड़की हुई। उसे पढ़ायालिखाया। यूनिवर्सिटी तक।...लेकिन लड़की अपनी मां से नफरत करती थी। उसने एक नायडू लड़के से शादी कर ली। फिर आई० ए० एस० के इम्तहान में बैठी। हरिजन होने के कारण सुविधा रही। उसे भी पास कर लिया। आजकल अफसर है—"

"जमना ने मुझे इतना ही बतलाया था कि उसके एक लड़की है और वह कहीं बड़े ओहदे पर है।"

"मां का जिक्र तक पसन्द नहीं उसे। जमना के आग्रह पर एक बार मैं बुलाने गई थी उसको। नाम लेते ही वह बरस पड़ी मुझपर। यदि मैं कुछ देर और उसके बंगले में ठहर जाती तो उसने अपने अलशेसियन कुत्ते मुझपर छुड़वा दिए होते!"

"मतलब यह कि वह उस वर्ग में भर्ती हो गई है, जिसके पास सिर्फ नीचता और सड़ांध है।"

"जमना अब ज्यादा दिन जिएगी नहीं। उसका शरीर अन्दर से गल गया है।"

नीलम्मा कोठे की झिर्री से बाहर देखने लगी। पेड़ों और चट्टानों के बीच धूप के धब्बे उलझे-उलझे पड़े थे?

"गनेशी नहीं आया तुम्हारे साथ?"

"वह करनूल चला गया है। साथी उसे बहुत पसन्द करते हैं। वह भी उनके संग भागदौड़ के कामों में खुश रहता है।" नीलम्मा का चेहरा थिर होकर सोचने-सा लगा। फिर बोली "भाई को आपने एक बंगला कविता सुनाई थी न। वह कह रहे। थे, उसका तेलुगु में भी अनुवाद होना चाहिए—जलसों में, साथियों के लिए।"

"सुकान्त भट्टाचार्य की ही एक और कविता है।...मैं बराबर सोचता रहा था कि जब तुम लौटकर आओगी तो उसे तुम्हें सुनाऊंगा।"

"सुनाइए। सुकान्त मुझे बहुत प्रिय हैं। उनकी कुछ कविताएं तेलुगु में अनूदित हो चुकी हैं—हे महाजीवन, युक्तिपत्र, तरंगभंग...

एक लहरा ऊपर उठा, लेखक के भीतर से—मरोड़ खाकर। उसने नीलम्मा की ओर आतुरता से देखा, वह उस लहरे में शामिल थी। फिर कविता गनगना उठी, एक झन्नाटे के साथ, एक आंधी की तरह...शब्दों का ऐसा चिनगारता हुआ वेग, जैसे लुहार औजार तैयार कर रहे हैं, जैसे योद्धा जिरहबख्तर पहन रहे हों, जैसे रणभेरी का नाद चौतरफ गूंज उठा हो, जैसे एक सूरमाओं का दल कुचके लिए मुस्तैद खड़ा हो!

यह थी बंगला की ध्वन्यात्मकता और उसकी गर्जना! लेखक ने तब कविता का अर्थ स्पष्ट किया, उसी उष्ण धारा को थामे हुए—

रास्ते से गुजरते हुए अचानक मेरी निगाह पड़ी। उस चील पर। वह फुटपाथ पर मरी हुई पड़ी थी।

उसका भद्दा, वीभत्स चेहरा देखकर मैं चौंक उठा।

बहुत ऊंचाई से, इतराते हुए, चील ने निहारा होगा पृथ्वी का आंगन। लगा होगा उसे वह, लूटमार के लिए निर्बाध उपनिवेश।

उसकी दृष्टि में लोभ की लोलुप नोके निकल आई लोंगी। झपट्टा मारने और सब हड़प जाने की दस्यु-वृत्ति जाग उठी होगी—कि सहसा उसने पाया स्वयं को, औंधे मुंह फुटपाथ पर, आखिरी सांसे गिनते हुए!

गुम्बद के शिखर पर रहती थी। वह चील।

अपने आतंक को जताती थी, तेज-तीखी चीख के साथ। हवा में डैने पसारकर उड़ती थी, आसमान के नीलेपन को नापती हुई। धरती से बहुत दूर, एक ऊंचाई पर। खुश होती थी, अपने नीचे असंख्य जनों को देखकर।

लेकिन, आज वह लोगों के नीचे पड़ी है।

सुरक्षित हैं चूहे, उनके बच्चे। निश्चिन्त हैं हाथ में खाना लेकर जाते हुए राहगीर। बेखौफ हैं क्योंकि चील मर चुकी है।

अब कोई नहीं है झपट्टा मारने वाला।

अपने ही द्वारा फेंक दिए गए, जूठन की तरह, चील पड़ी हुई है फुटपाथ पर। ठंडी, विकृत और चिथी हुई काली आकृति!

वे लोग आगे बढ़ते जा रहे हैं, जिनके हाथों में अपना कमाया और पकाया हुआ भोजन है। वह जीवनदायी खाद्य! बड़े जतन के साथ उसे सीने से सटा हुए हैं वे। निडर हैं, निर्द्वन्द्व हैं। अपराजेय हैं।

और, आकाश से गिरी हुई उपद्रवी चील पीछे पड़ी रह गई है।...

नीलम्मा का मुख दिप-दिप करने लगा। उसपर जुगनू। बिखर गए।

उसने अपने सुखते हुए जख्मों को इस तरह देखा, जैसे फूल ही

फूल उसकी देह में खिल आए हों।

फूल खिलते हैं और वसन्त आता है। संघर्ष की महकार का वसन्त! जलन और पीड़ा के बाद विजय का उत्सव। वसन्त ने उसे रास्ता दिखला दिया है।...

लेखक ने तब उसके अनुरोध पर 'मुर्गे की कहानी' सुनाई।...

नीलम्मा की आंखों के सामने वेंकटय्या का चेहरा उजागर हो उठा। हां, उसने ढेर सारे खाने का स्वप्न देखा था, जो सबको मिले! फिर वह इमारत में घुस पड़ा था, खाना खाने के लिए नहीं, सारा हिसाब चुकता करने के लिए!

ओस की तरह एक नमी नीलम्मा की पलकों में लाने को हुई। वह उसे पी गई। जबरन। वेंकटय्या को रोने से चिढ़ रही है-रुलाई से बचो। वह भीतरघात करती है। तुम खुद क्यों रोते हो? उन्हें मजबूर करो रोने और चीखने और तड़पने के लिए, जिनके पेट हंसते-हंसते गुब्बारों की तरह फूल गए हैं।

"लेखक इस तरह बैठा था, मानो वह एक छोटा-सा टापू हो। समुद्र के बीच।

वह टापू निर्जन था। अकेला था। उदास और अर्थहीन था।

नीलम्मा ने उस टापू को पहचाना।

पूछा, "आपकी कहानी पूरी हो गई?"

यह कहानी...मैंने लिख डाली है, नीलम्मा! और भी लोग इसे लिखते रहे हैं, सदियों से। यह लिखना चलता रहेगा। शायद कभी खत्म न होगा।"

"मुझे सुनाएंगे?"

"मैं चाहता हूं कि तुम इसे 'देखो'...इसमें मेरी स्त्रियां हैं, मेरे तहखाने हैं, मेरी मुक्ति है—" लेखक रुक गया। उसने आवाज

दी, "जीनत!"

"मैं यहां हूं।" जवाब मिला।

फिर लेखक ने पुकारा, "नीरा, अन्ना, गुनबन्ती, जमना!"

"मैं यहां हूं। मैं यहां हूं। मैं यहां हूं। मैं यहां हूं।" आपस में टकराते हुए स्वर। स्त्रियों की एक पंक्ति।

उस पंक्ति के दूर खड़ी हुई कुछ और स्त्रियां। बेशक्ल। एक बाड़ा।

अब लेखक ने अपने तहखाने खोले।

एक तहखाने में अन्ना थी, स्वेटर में फंदे डालती और गिनती हुई। दूसरे में नीरा, कपड़े उतारकर अपनी देह को निहारती और सुघड़ अंगों पर बौनों को नचाती हुई। तीसरे में जीनत, मर्दानी सीढ़ियों पर लचककर पांव रखती और ऊपर चढ़कर ओझल होती हुई। चौथे में गुनवन्ती, भूसे और मिट्टी की औरत के बीच पसरकर अपनी कामनाओं का मुरब्बा-अचार डालती-चाटती-सिसकारती हुई।

पांचवें तहखाने में जमना की खांसी गूंज रही थी। उस खांसी की आवाज को 'गुम' करने के लिए जमना की लड़की जोर-जोर से पियानो बजा रही थी। उस पियानो के सुरों को चबाकर निगल जाने के लिए 'बाड़े से विक्षिप्त और कुपित स्त्रियों का हुजूम बाहर निकल पड़ा था।

इन तमाम तहखानों का एक बड़ा तहखाना था, जिसमें लेखक स्वयं मौजूद था। कोल्हू का जुआ घसीटता हुआ। आंखों पर काली टुप्पियां चढ़ी हुई थीं, कुछ नजर नहीं आ रहा था। सारी शक्ति एक अनदेखे-अंजाने दुष्चक्र में घूमती हुई नष्ट हो रही थी।

"नीलम्मा, नीलम्मा!" लेखक गहरी थकान में बुदबुदाया। उसकी आंखों पर से टुप्पियां उतारकर फेंक दी गईं। जुआ तोड़

दिया गया। कारखाना अदृश्य हो गया।

यह मुक्ति का क्षण था।

नीलम्मा उसके सामने बैठी थी। सौन्दर्य के जख्मों को समेटे हुए। धीरे-धीरे वे जख्म एक मानचित्र में तब्दील होने लगे। वह मानचित्र एक बहुत बड़े देस-जहान का था। और, उस देसजहान का नाम वेंकटय्या था।

○○